KB135575

책으로 보는 세대 공감 이야기

엄나들이

발 행 일 2021년 2월 26일

지 은 이 성화맥북(성화중학교 학생–학부모 책쓰기 동아리)

엮 은 이 김일식

펴 낸 곳 매일신문사

펴 낸 이 이상택

주　　소 대구광역시 중구 서성로 20

전　　화 (053)251-1421～3

ⓒ 엄나들이 2020

ISBN 979-11-90740-07-4

본 책은 저작자의 지적 재산으로서 무단 전재와 복제를 금합니다.

책으로 보는 세대 공감 이야기

엄나들이

학생

권영서
김아영
김희윤
손혜윤
엄나영
이나은
이채민
전수빈
최가은
최서연

친구

이성(외모)

사춘기

엄마

머리말

　　중학생인 우리가 엄마와 소통하는 시간이 얼마나 될까? 대낮부터 학교 가랴, 학원 가랴, 그리고 숙제와 시험(또는 수행평가)을 생각하면 적어도 저녁 6시~7시에 돌아온다. 국내 초·중·고교생 571명을 대상으로 한 한 설문조사에 따르면 가족과 보내는 시간이 하루에 단 13분밖에 되지 않는다고 한다. 성화맥북(책쓰기 동아리)은 학생과 학부모들이 다 같이 성적, 진로, 사춘기 등 7가지 테마로 나누어 책을 만들었다. 그리고 테마별로 학생과 학부모가 자신의 생각을 진술하게 펼쳤다. 이 책을 통해 나와 같은 나이대인 아이들과 그런 아이들을 두신 학부모들의 공감까지는 바라지 않는다. 다만, 테마별로 자신의 생각을 한번 정리해보는 계기가 되었으면 좋겠다. 성화맥북에 들어오고 엄마와 책쓰기를 통하여 더 많은 이야기를 나누게 되었고 그것만으로도 좋았다. 여러 명의 학생과 학부모들이 모여 열심히 만든 책이니 우리의 정성이 느껴지길 바란다.

2021. 2. 학생 저자를 대표하여 최서연 씀

코로나19로 인한 변화의 소용돌이는 학교도 피해갈 수 없었다. 유래 없었던 6월의 첫 등교는 학생들이 드디어 학교에 온다는 설렘과 동시에 학교 교육활동의 재구성이라는 큰 짐을 떠안는 시기였다. 특히 책쓰기를 담당하고 있는 나로써는 3월에 시작해도 모자란 책쓰기 활동을 어떻게 6월부터 시작하고 11월에 책을 출간할 수 있을지 고민이 너무 많았다. 그러던 와중 대구독서인문교육지원단 책쓰기팀, 알깨기연구회 등을 통해 대구의 책쓰기 고수님들의 다양한 고견을 들을 수 있었고 그 중에 '학부모 책쓰기'라는 굉장히 매력적인 아이디어를 얻을 수 있었다.

그렇지만 막상 시작하려니 과연 참가자가 있을까? 하는 의구심이 들기도 했다. 그래도 부딪혀 보자는 생각에 이 프로젝트를 시작하게 되었고, 다행히 자발적인 학생, 학부모님들께서 모여 주셔서 오늘날 성화맥북팀 그리고 『엄나들이』가 탄생할 수 있었다.

첫 모임 때 이금희 수석님을 모시고 책쓰기 강연을 듣던 날이 생생하다. 그 전날 몸이 굉장히 안 좋아 조퇴를 한 상황이었지만 심혈을 기울여 준비한 행사였기에 진통제를 먹고 학교에 출근하여 행사를 진행하였다. 수석님이 책쓰기에 대한 기본 개념, 글쓰기 팁 등을 말씀하실 때 한마디도 놓치지 않으려고 집중해서 듣는 학부모님과 학생들을 보면서 몸이 아픈 와중에 머리로는 '아 올해 뭔가 나오겠구나'라는 확신이 들었다. 그리고 나의 예상대로 『엄나들이』라는 멋진 결과물이 나왔다. 이 책이 어느 정도 영향을 미칠지, 또는 영향을 미치지 않고 고이 도서관 한쪽 서재에 간직될지 모른다. 그러나 이 책을 준비하고 출간까지 진행하면서 난 책쓰기에 대한 학생과 학부모님들의 열망을 보았다. 아이들과 부모님, 그리고 서로 소통하고자 하는 그 각자의 열정과 노력이 『엄나들이』라는 위대한 결과물로 탄생한 것이기에 앞으로의 쓰임보다는 여태의 과정에 더 초점을 두고 우리의 책을 감히 위대하다고 이야기하고 싶다.

코로나19는 학교뿐만 아니라 사회, 국가적으로 큰 위기였다. 그러나 한편으로 K-방역이라는 새로운 브랜드로 우리나라의 저력을 보여주는 기회가 되었듯, 우리 성화맥북의 『엄나들이』도 코로나19라는 위기를 또 다른 기회로 만든 성화중학교만의 브랜드라고 생각한다. 이 브랜드가 탄생하기까지 자신의 이야기를 기꺼이 쏟아내고, 편집까지 해주신 학부모님들께 이 자리를 빌려 진심으로 감사하다는 말씀을 드린다. 그리고 학교에 처음 부임하여 우왕좌왕하던 상황에서 먼저 책쓰기에 지원해주고, 다양한 아이디어로 나를 이끌어 주었던 우리 성화맥북 학생들에게도 고맙다는 말을 전하고 싶다. 무엇보다 성화맥북과 『엄나들이』가 탄생하기까지 기획, 진행 등 시작과 끝을 함께해준 독서교육인문지원단 책쓰기팀 이금희 수석교사님, 김묘연, 김은숙, 강상준 선생님께 감사의 말씀을 드리고 싶다. 또한 물심양면 지원을 아끼지 않고 도움주신 성화중학교 남정기 교장 선생님, 이병혁 교감 선생님께도 감사의 인사말을 전한다.

『엄나들이』를 읽게 될 중학생 독자, 그리고 중학생 자녀를 둔 학부모님들이 이 책을 통해 서로를 이해하는 시간이 되길 바란다.

2021. 2. 교사 김일식

성적

1등은 과연 행복할까?

꼴등은 무조건 불행할까?

"행복하게 살아라!"고 하지만 왜 우리는

알게 모르게 계속 성적을 지향하게 될까?

인성이 먼저라고 하면서 왜 학교는 아이들

에게 성적이 오르기를 요구하고 있을까?

학교라는 공간에서 성적이라는 이야기를

할 때는 행복감보다는 부담과 걱정이 먼저

떠오르기 마련이다. 이는 학생, 학부모

똑같은 입장이다. 학생으로서 업보와 같은

성적, 공부와 관련된 아이들의 진솔하고

솔직한 이야기를 들어보자.

그들은
이기적이다

—
우리에게만 적용되지 않는 해답

권영서_2학년

    세상은 나에게 그러면 안 되는 거다. 어른들도 나에게 그러면 안 되는 거다. 나를 끊임없는 경쟁의 늪에 밀어 넣을 거였으면 그 전에 언질이라도 해줬어야 한다. 제대로 된 준비 운동도 없이 갑작스럽게 심판의 출발 신호에 맞춰 신발조차 제대로 신지 못한 채 까마득히 먼 목적지를 향해 달리고 있다. 준비 운동을 제대로 하지 못해서 심장마비에 걸리면 어떡하나, 싶다가도 남들보다 뒤처질 수는 없으니 계속 달린다. 하염없이 달리다가 문득 의문이 든다. 지금 이 경주는 내가 원해서 하고 있는 걸까, 저들이 원해서 하고 있는 걸까.

    나는 사랑받으며 자랐다. 지금도 사랑받으며 크고 있다. 외동딸로 태어나 외가, 친가 할 것 없이 오냐오냐 길러졌다. 하고 싶은 건 주저 없이 말했고, 안 된다는 대답이 돌아온 적은 거의 없었다. 배우고 싶은 것이 있으면 배웠고, 사고 싶은 것이 있으면 꼭 손에 쥐었다. 부모님은 하나뿐인 딸에게 끊임없는 관심과 애정을 보냈다. 친척 어른들도 첫 조카에 똑똑한 나를 보며 나처럼 사촌 동생들을 키우려고 했다. 떼를 써본 기억이 잘 없다. 굳이 떼를 쓰지 않아도 내가 원하는 걸 얻을 수 있었다. 엄마도 우스갯소리로 내게 원하는 건 거의 다 해줬기에 내가 떼를 잘 쓰지 않았다고 한다. 기억도 잘 나지 않는 어린 시절, 나에게 세상은 너무 쉬운 존재였다.

내가 교복을 입기 시작하면서부터 세상은 점점 본모습을 드러냈다. 생전 들어본 적도, 생각해 본 적도 없는 '내신'을 운운하며, 나는 아직 정하지도 않은 목표를 향해 달리기 시작했다. 목표가 없는, '목적지'가 없는 우리의 지루하고 무의미한 달리기를 보고 어른들은 우리가 단지 '공부' 자체를 싫어한다고 생각하며 공부를 해야 하는 이유만 나열했다. 그 익숙하고 지루한 이유는 우리도 귀에 딱지가 앉게 들어왔다. 우리는 공부를 해야 하는 이유를 몰라서 하지 않는 것이 아니다. 우리가 공부를 해야 하는 목표가 없기 때문에 우리는 의욕이 나질 않는 것이다. 아무도 목표 없는 무의미한 행동에 의욕을 내지는 않는다.

어른들이 밉다. 우리에게 제대로 된 목표를 세울 시간도, 경험도 만들어 주지 않았으면서 나중에 도움이 될 거라는 이유만으로 공부를 시키는 어른들이 밉다. 우리는 예술가가 될 수 있을 거라는 생각을 아주 어려서부터 배제한다. 어른들은 우리에게 예술가가 될 수 있는 재능을 키울 시간도 제대로 주지 않았다. 어릴 적 배운 피아노, 미술, 성악, 태권도 등등은 단지 '취미'를 위해서였다. 아무도 내가 예술을 하고 싶다는 말을 진지하게 들어주지 않았다. 그들은 예술을 해서 성공하는 사람들은 태어나면서부터 부여받는 유별나고 뛰어난 재능이 있다고 했다. 나는 어떨까. 그 능력을 아주 조금이라도 부여받았을까? 나는 모른다. 그 재능을 확인하고 발전시킬 시간 대신 나는 문제집을 펼쳐 한 문제라도 더 풀라는 압박을 받았다.

"다 너 좋으라고 하는 말이야. 듣기 싫겠지만 들어."

뭘 안다고, 날 위한 말이라는지. 당최 알 수가 없다. 물론 나는 엄마 배 속에서 나온 '엄마 새끼'지만, 엄마는 내가 아니다. 나를 내가 다 알지 못하는데 날 낳은 사람이라고 나를 다 알겠는가. 엄마 아빠가 나에 대해 다 안다는 듯이 행동하지 않으면 좋겠다는 말이다. 나에게 뭘 해주어야 진심으로 날 위하는 것인지도 모르면서, 목표가 없으면 목표를 찾을 수 있게 도와줄 생각은 하지도 않고 일단 공부만 해놓으라는 무책임한 발언만 우리를 향해 발사한다. 어른들은 나를 아무런 고민도, 생각도 없이 하루하루를 낭비하는 철부지로 본다. 내 말을 그냥 공부하기 싫은 철부지가 하는 투정 정도로 넘겨버린다. 어른들이 지금 내 말에 공감을 해줄지, 한심해 할지, 그전에 믿어주기는 할지 잘 모르겠다만 너무너무 견디기가 버거울 때에는 수백 번을 고민한다. 문자 메시지 창에 아주 길게 내 생각을 늘어놓기도 하고, 진지하게 서로 얼굴을 마주 보고 대화를 나눌 생각도 한다. 하지만 끝끝내 나는 '공부 말고도 다른 일들도 배워보고 싶다', '이런 식으로 계속해서 하는 공부가 내 길이 맞는지 잘 모르겠다'는 내 의견을 표하지 못한다. 이 말을 했을 때에 나를 쳐다볼 엄마의, 어른들의 나를 향한 한심하단 표정을 견딜 자신이 없기 때문이다. 지금 이 글을 적는데에도 두려움이 밀려 올라온다. 엄마가 이 글을 읽더라도, 제발 나를 불러 식탁에 앉혀 놓고 강압적

인 분위기와 말투로

"엄마는 강요하는 게 아니야, 공부하기 싫으면 때려치워."

라고 내가 견딜 수 없는 한심한 표정으로 나를 바라보지 않았으면 좋겠다.

언제 한번은 의구심이 들었다. 내가 만약 공부를 다 때려치우고 예술을 한다고 해도, 엄마가 원하는 대로 좋은 대학에 가서 안정적인 직업을 가지지 않겠다고 해도 엄마는 나를 자랑스러워할까? 나를 지금처럼 사랑할까? 엄마는 '공부 잘하는 권영서'를 사랑할까, '권영서' 그 자체를 사랑할까?

어른들은 이기적이다. 자기네들은 하지 못한 일을 우리에게는 더 좋은 환경에서 자랐다는 이유로, 더 질 좋은 교육을 받고 학원에 다닌다는 이유로 우리가 해내기를 바란다. 왜 그들은 내 경쟁자들도 나와 같은 교육을 받고 있다는 생각은 하지 않을까? 왜 그들은 내가 절대 가볍지 않게 그들의 원하는 바와 다른 미래를 속으로 그리고 있다는 생각은 하지 않을까? 왜 우리가 공부를 해야만 성공을 할 수 있다고 믿을까?

물론 공부는 중요하다. 나도 인정하는 바이다. 성적이 어느 정도 내 행복을 좌지우지한다는 데에도 인정한다. 공부를 잘 해야 안정적인 직업을 가질 수 있다는 것도 인정한다. 그런데, 안정적인 삶을 살아야 행복할까? 공부를 잘해서 돈을 많이 벌어야 행복할까? 이미 어른들은 답을 알고 있다. 그들은 이 질문을 받을 때마다 '아니'라고 대답한다. 그들은 예술가들을 보며 멋있다고 생각하기도 한다. 그런데 왜 자기네들의 자식들에게는 이 생각을 적용하지 않는 걸까. 왜 우리가 당연히 예술가가 될 수 있는 재능을

지니지 않았다고 생각할까.

　나도 이기적인 존재이다. 나는 음악이 좋다. 실용음악을 배워보고 싶다는 생각도 해봤다. 가수가 되고 싶다는 생각도 해봤다. 하지만 좀 커서는 한 번도 그 생각을 누구에게 전한 적이 없다. 나도 그 음악을 위한 과정이 공부를 하는 것 보다 어려울 것이라는 걸 알기 때문이다. 그 말을 내뱉으면 공부를 하기 싫어서 투정을 부린다고 생각될 것이라는 것도 잘 알고, 그 말을 내뱉지 않으면 진심으로 해보고 싶은 일을 하지 못해 평생 가슴속에 묻어야 할 수도 있다는 사실도 안다. 그래도 나는 가슴속에 꾹꾹 숨겨둔다. 쉴 새 없이 밀려드는 숙제와 시험이 나에게 좋은 대학에 가서 안정적인 직업을 가져야 한다고 속삭이는 것 같다. 나를 좋은 학원에 보내기 위해, 좋은 대학에 보내기 위해 오늘도 열심히 일하고 있을 엄마 아빠를 떠올린다. 그러다 보면 내 마음속에 음악을 해야 한다는 생각은 증발하듯이 흔적도 없이 사라진다. 그러다가 내가 혼자 있을 때, 너무너무 견디기가 힘들 때 음악이 떠오른다. 그러면 의심이 든다. 음악을 하고 싶다는 내 열망은 공부가 하기 싫어 내 무의식이 만들어낸 욕망일까, 내가 정말로 탐내는 욕망일까. 확인해 볼 길은 없다. 확인하지 않을 거니까. 음악을 직업으로 삼고 싶어도 삼지 않을 거다. 지금까지 공부한 내 노력이 아깝고, 부모님의 실망이 두렵고, 엄마가 나를 위해서 한, 값어치를 매길 수 없는 노력이 사라지는 것 같아 죄스럽다. 그래서 나는 메시지를 보내지 않는다. 엄마와 대화를 하자고도 하지 않는다. 다시 마음을 먹고 문제를 푼다. 문제가 잘 풀리면

　"그래, 이게 내 길이야." 하고 넘긴다. 그러면 음악에 대한 욕망은 내가 도피하기 위해 내 무의식이 만들어낸 욕망이 되어 있다. 더 이상 의심하지

않는다. 의심을 하지 않는 것이 내가 스스로 합리화하게 된 건지, 진심으로 받아들이게 된 건지는 아직 잘 모르겠다.

나는 내일 수학 문제를 풀 거다. 영어 숙제도 해야 한다. 실용음악이 여전히 배우고 싶어도 말하지 않을 거다. 그들에게 한심한 존재가 되지 않기 위해서. 원하는 고등학교에 가기 위해서. 원하는 대학교에 가기 위해서. 나도 뭐, 공부를 잘 한다면 되고 싶은 것이 있으니까. 그래도 어른들이 조금은 밉다. 내가 하고 싶은 걸 당당하게 말할 수 있는 용기를 주지 못하는 어른들이 조금은 밉다.

엄마 아빠가 내가 예술인이 되는 것에 대해 거부감이 없었더라면 나는 지금 어땠을까. 여전히 공부를 하고 있을까, 음악을 배우고 있을까? 내 스스로 결정짓기 어려운 나만의 고민. 어쩌면 내 나중의 사회적 위치를 결정시킬 나의 고민.

머리가 아파온다. 이제 고민 따위 하기 싫다. 그래서 펜을 들고 문제를 푼다. 어른들이 항상 그랬다. 이게 제일 쉬운 방법이라고……. 나는 제일 쉬운 방법을 택하기로 했다. 나는 이기적이니까.

내가 크면 이기적인 어른이 되겠지. 그리고 내 자식에게도 이런 생각이 들게 하겠지……. 어른들이 밉지만 원망하지는 않는다. 내가 이기적이 되기로 선택한 거니까. 나를 원망할 수도 있겠다는 생각을 할 뿐이다.

공부가 그렇게 중요해?
공부를 꼭 해야 할까?

이나은_1학년

나는 현재 중학교 1학년 학생이다. 나는 학생이라는 이유로 학교라는 곳에서 수업도 듣고 친구도 사귀며 어른이 되기 전까지 작은 사회생활을 하고 있다. 이런 작은 사회생활을 하면서 나는 '공부'라는 것을 하고 있다. '공부'란 꼭 해야만 하는 것일까?

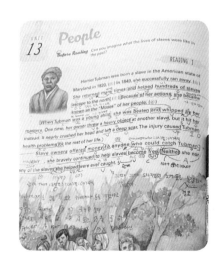

공부는 대부분의 초, 중, 고 학생들이 싫어하는 존재인 것 같다. 하지만 공부라는 것이 없으면 학교라는 것도 없을 것이고 작은 사회생활을 배우는 곳도, 우리들을 가르쳐 주시는 선생님이라는 직업도 없을 것이다.

공부가 없어지면 학교도, 선생님이라는 직업도 사라지니 우리가 큰 사회로 나갈 준비를 제대로 못 해 큰 사회생활에 적응하기 힘들어질 것 같아 공부라는 것은 꼭 있어야 할 것 같다. 지금 우리가 나가고 있는 사회생활 보다 더 크고 재미있는 사회생활을 즐기려면 그만큼 노력과 공부를 해야 하니깐 나는 공부라는 것이 있어야 할 것 같다. 아무리 공부가 하기 싫어도 딱 12년만 노력하면 그만큼 좋은 성과가 나에게 돌아오기 때문에 아무리 싫어도 공부는 해야 할 것 같다.

공부란 뭘까?
공부=꿈

이채민_1학년

많은 사람들이 행복은 성적순이라고들 말한다. 왜냐, 공부는 자신의 인생과 관련 있으니까. 나 또한 우리들 또한 자신의 인생을 위해 다른 사람과 경쟁한다. 어쩜 지금도 하고 있을지도 모른다. 나는 하나의 의문점이 들었다. '공부는 자신의 삶을 좋게 만들어 주는 것인데, 왜, 어째서 내 삶은 더 안 좋아지는 걸까? 나는 이 의문점과 함께 공부에 대한 나의 주장을 두 갈래로 나누어 보았다.

1. 공부는 꿈을 짓밟는 악마다

나는 공부를 꿈과 악마로 비유해 보았다. 그 이유는 다음과 같다. 처음에 말했듯이 공부는 인생, 꿈과 관련되어 있다. 이런 이유는 우리에게 맞는 이유가 된다. 하지만 꿈을 이뤄주는 공부가, 우리에게 해가 될 수도 있다. 꿈을 위해서 공부를 할 때 자신의 실력과 꿈이 확연한 차이가 난다면 점점 그 꿈을 버릴 것이다. 왜냐, 자신의 실력으로는 그 꿈을 못 이루겠으니까. 이 이유는 내가 만든 것이다. 나의 경험담이기 때문이다. 나의 원래 꿈, 즉 어렸을 때 꿈은 가수였다. 나는 노래 부르고 춤을 추는 것이 너무 좋았다. 꿈이 많을 어린 나이에 나는 가수를 고집했다. 그리고 몇 주 뒤, 부모님이 나에게 꿈이 뭐냐고 물었다. 나는 자신 있게 "가수요!"라고 말했다. 그 말을 들은 부모님은 표정이 그렇게 좋진 않았다. 그 뒤로 느꼈다. '꿈은 내가 정하는 게 아니구나.' 누군가가 나에게 꿈이 뭐냐고 물으면 초등 교사라고 답변했다. 마음에 1도 두지 않았지만, 거짓 답변을 했다. 그리고 6학년, 내 장래희망은 초등 교사가 되었다. 초등 교사가 좋아진 거다. 하지만 내 꿈은 또 짓밟혔다. 내 장래희망이 초등 교사라고 하자 부모님은 "네 성적으로 되겠어?"라고 말씀하셨다. 나는 공부 때문에 내가 하고 싶은 것을 잃었다. 그 뒤로 나는 또다시 내 꿈은 초등 교사라고 말했다. 공부는 내 꿈을 무참히 짓밟아버렸다. 그래서 나는 공부가 너무 싫었다.

2. 공부는 우울하게 만드는 원인이다

나는 우리집에서 가끔 혼이 난다. 그중 2/3가 공부와 관련되어 있다. 우리집은 삼 남매이다. 언니는 지금 고등학교에 올라가 열심히 공부 중이고 동생은 5학년이다. 나는 중학교 1학년으로 시험이 없다. 하지만 부모님의 기대는 나한테 온다. 부모님은 언니의 못 친 성적만 생각하시곤 나에게 언니처럼 그런 식으로 치지 말라고 하셨다. 그러곤 그만 놀고 공부하라는 듯 말씀하셨다. 나는 의문점이 있었다. 왜 동생에게는 아무 말도 안 하시는 거지? 시험은 동생이 있는데 시험도 없는 내가 왜 동생보다 더 열심히 해야 하는 거지? 부모님에 대한 부담이 동생이 아닌 나에게 쌓이다 보니 이제 나는 부모님의 잔소리 받는 사람이 되어 있었다. 동생의 성적에 대한 잔소리도 나에게 하시 다 보니 점점 자신감도 떨어지고 우울해지고 있다. 공부는 나를 바닥으로 내 리고 싶어 하는 인물인 것 같다.

　이렇게 내 마음속에 있던 주장을 밖으로 내보내 보았다. 두 주장을 요약 하자면 공부는 아이들을 우울하게 만들고 꿈을 없애는 나쁜 것이다. 한 마디 로 공부는 나쁜 것이라는 말이다. 하지만 공부를 안 하면 생을 마감하기까지 가 너무 허탈하지 않을까? 자신에게 맞는 과목을 선택해 그것만 꾸준히 연 습하는 건 어떨까? 꿈이 가수면 음악, 꿈이 미술가면 미술, 꿈이 소설가면 국어, 꿈이 유튜버면 정보. 이렇게 말이다.

　사람들이 성적에 너무 연연하지 않았으면 한다고 한다. 그건 나도 동의하 는 바이다. 하지만 대부분 이렇게 말해 놓고 언젠간 또다시 연연할 것이다. 그러니 나는 성적에 연연하는 대신, 내가 좋아하는 과목, 그 과목만 파고들 것이다. 다 못하는 것보다 하나라도 잘하는 게 나으니까. 마지막으로 한마디.

　"공부 따위에 나를 잃으면서까지 맞춰줄 필요는 없다."

행복은 성적순이면서
성적순이 아니다

전수빈_3학년

나는 중학교 3학년. 어느 때보다 공부를 열심히 해야 하는 나이라고들 한다. 중학교에 입학한 게 엊그제 같지만 어느덧 2년이라는 시간이 흘러 3학년도 얼마 남지 않았다. 그래서 인터넷을 뒤적였다. 뒤적이다 보니 여러 글귀가 나왔는데 그중에서 내가 생각하기에는 조금 이상했던 글귀가 있었다.

'*행복은 성적순이 아니야*'

나는 이 글귀를 보고 조금 의아했다. 왜냐하면, 시험을 쳤을 때 성적이 잘 안 나오면 기분이 안 좋기 때문이다. 그리고 망친 성적표를 보면 멘붕이 온다. 정신을 놓게 돼 버린다. 이때 1차로 멘탈이 무너진다. 시험을 망쳤으니 엄마 아빠에게 성적표를 보여드리기가 무서워진다. 엄마 말로는 성적에 별로 민감하게 반응하지 않는다고 하는데… 나는 그렇게 생각하지는 않지만 그렇다고 친다. 이때까지는 1차로 부서졌던 멘탈이 탈탈 털려 가루가 되어 날아가지는 않는다. 하지만 이 성적을 가지고 수학학원, 영어학원에 가면 선생님들이 엄청 음산하게 웃으시면서 "수빈아. 시험 점수 나왔다면서? 몇 점이야? 잘 쳤어?"라고 물으신다. 나의 눈동자는 지진이 난 듯이 중심을 못 잡고 있고, 영혼이 없이 웃으면서 대답한다.

"네......? 네...... 뭐..... 하 .하. 하. 그럭저럭......뭐......"

이렇게 대답할 때 내 멘탈은 2차로 가루가 되어 날아가 버린다. 선생님들께서는 열심히 시험 대비도 해주고 하나하나 잘 짚어주셨는데 성적이 그 모양 그 꼴이니까 말이 안 돼 '허허허' 하면서 웃으신다. 솔직히 말하자면, 그 학원에서 나만 시험을 망친 게 아니기 때문에 다른 아이들의 성적을 듣고 나면 결국엔 어이가 없어서 폭발해 버리신다. 우리가, 내가 시험을 망쳤으니까 학원에서는 당연히 더 빡세게 시키고 숙제는 더 많아지고 또 꾸중 아닌듯한 꾸중을 듣는다. 이때 3차로 멘탈이 부서진다. 그리고 또 마지막엔 내가 이렇게 못 쳤을 리가 없다는 바보같은 생각을 하면서 자책의 늪에 빠져 버린다. 이때 나는 정신을 반쯤 놓아 버린다. 또 이렇게 난리를 친다.

"내가 이렇게 못 쳤다고??????? 헤에?? 그럴 리가 없다고!!!!!!!!!!!! 나는 바보 멍청이인가 봐.... 나는 빙구야...... 나는 바보라고.........!!!!!!! 나는 멍청한가 봐...... 머리는 되는데 공부를 안 하는 거라는 말은 말이 아니야...... 누가 그런 말을 해에에에!!!!!! 이게 내 점수일 리가 없어......."라면서 혼자 중얼중얼 거리다가 소리도 지른다. 한바탕 난리를 치고 나면 눈에 초점이 없어져서 애가 멍해지므로 조심해야 한다. 왜냐하면 스트레스 폭발 직전이기 때문이다. 뭐, 항상 폭발 직전에서 왔다갔다, 오락가락 하기는 했지만, 이때는 폭발 0.00000000001초 전이기 때문이다. 항상 이때 동생이 까불어서 꼭 한 대씩 맞고는 한다. 이때 3차로 망가졌던 내 멘탈이 사르르르 흩어지고 4차로 멘탈이 또다시 부서진다. 이쯤 되면 아마 "아니... 이렇게까지 부서졌는데 더 부서질 멘탈이 있나?"하고 신기할지도 모른다. 나 스스로도 이런 생각이 들 때는 그만둬야 한다. 여기서 더 이상 부서지면 원상복구가 안 된다. 하지만 더 부서진다. 음...... 부서진다..... 기 보단 남아있던 작은 조각들마저 사라져 버린다고나 할까.

이때 이런 가루들 사이에서 작은 새싹이 자라난다. 정확히는 다른 것들보다 조금 큰 돌덩이. 이렇게 새로운 멘탈이 자리 잡기 시작하면 이제 막 자리 잡아서 커지려고 하는 멘탈로 정신줄을 간신히 붙잡고 다시 공부를 한다. 시험을 망쳤으니 당연히 학원은 더 빡세지고 힘들어지고 숙제도 많아지고. 9시 50분에 학원을 마쳐서 집에 들어오면 10시 10분이거나 15분. 이때부터 씻고 옷 갈아입고 머리 말리면서 책 꺼내면 최소 10시 45분. 숙제 시작하려고 하면 잠이 오고 잠을 깨고 숙제를 하고 밤늦게까지 있고. 그러면 엄마 아빠의 눈치가 보이고, 결국에 침대에 누우면 과연 내일 남은 숙제를 다 할 수 있을지에 대한 걱정과 다른 쓸데없는 걱정들이 섞여서 1시간이나 눈을 말똥말똥 뜨고 있다가 잠들고. 늦게 잤으니 피곤하고, 학교에서 틈틈이 숙제해서 다 해가면 또 숙제가 나오고 계속해서 반복된다. 그럼 우리들의 하루에 우리가 즐거울 수 있는 시간은 얼마나 될까? 30분? 한 시간? 두 시간? 두 시간도 채 되지 않을지 모른다. 이렇게 되면 우리들의 하루는 즐거운 시간 없이 항상 똑같은 일정이 반복된다. 학교, 학원, 집. 또 학교, 학원, 집. 이러면 우리는 행복할 수 있을까? 행복이란 무엇이고, 어떻게 해야 행복할 수 있을까?

아주 행복하다는 생각이 들지는 않지만 가끔은 즐거울 때도 많다. 학교 끝나고 집에 왔을 때 나보다 조금 일찍 들어온 동생과 이종사촌과 엄마가 반갑게 맞아줄 때, 학원 가기 전 혼자 밥 먹지 않아도 될 때(혼자 먹을 때가 조금 더 많은 것 같기는 하지만......), 학원 갈 때 잘 갔다 오라고 인사해 주면서 '파이팅'이라고 말해줄 때, 밤늦게 학원 마치고 집에 갈 때 엄마가 마중 나왔을 때, 학원 마치고 친구들이랑 도란도란 얘기하면서 집으로 돌아올 때, 집으로 돌아왔을 때 나를 맞아주는 엄마, 가끔은 아빠, 동생, 이종사촌, 이모까지 전부 다 내가 문을 여는 그 순간 현관 앞으로 달려와 '잘 갔다 왔냐'고 인사해줄 때, 엄마한테 오늘 있었던 일 얘기할 때, 학교에서 친구들과 장난치고 놀 때, 수다 떨 때, 맛있는 거 먹을 때, 놀러 갈 때, 손으로 무언가를 할 때, 자기 전에 엄마가 손 만져줄 때, 가끔가다 아빠랑 둘이 놀러 갈 때.

꼭 행복하다고 느끼지 않아도 되는 즐거운 일들이 많다. 반복적인 일상 속, 성적에 대한 압박감 속에서도 즐거운 일들은 끊임없이 일어나고 있다. 즐거운 일이 없다고 생각되면 우리가 스스로 즐거운 일을 만들어내면 된다. 시험을 망쳤다고 해서 행복하지 않다고 생각할지는 모른다 하지만 내 주변에 있는 즐거운 일들을 찾아가다 보면 행복이라는 감정을 느낄 수 있을 것 같다. 지금 이 순간에도 어딘가에서는 즐거운 일이 일어나고 있을지 모른다. 꼭 내 주변이 아니라도 요즘엔 인터넷, SNS 등 다 잘 되어있으니까 세상에서 어떤 재미있는 일들이 일어나고 있는지 알 수 있다. 아마 나도 이런 즐거운 일들 때문에 성적이라는 잡생각을 없애버리고 살 수 있는 것 같다. 하지만 성적 생각을 안 하다가도 가끔씩 불쑥 좋은 기억들 사이를 비집고 생각날 때도 있지만 더 즐거운 기억들이 많으니까 괜찮다. 하지만 '나에게는 즐거운 일도 없을 거야' 하면서 부정적으로 생각하면 진짜 즐거운 일이 생기지를 않는다. 내가 무의식 중에서도 '아 재밌다'라고 느끼면 그냥 엄청 즐거운 거라고 믿기로 했다. 행복이 뭔지도 잘 모르겠지만 성적이라는 잡생각을 없앨 정도로 즐거운 일들이 많이 생길 거라고 믿기로 했다. 하지만 행복이 성적순이라고 찰떡같이 믿고 생각하고 있으면 행복은 성적순밖에 안 되지 않을까? 그래서 나는 내가 생각하고 싶은 대로 생각하기로 했다. 그래서 나는 행복은 성적순이면서 성적순이 아니라고 생각한다.

　내가 생각하고 싶은 대로 생각하는 게 내 정신 건강에도 가장 좋을 것 같으니까.

난 행복을 원해요.
행복을 줄래요?

최가은_1학년

나는 중학교 1학년 학생이다. 나는 학생이라 공부를 의무적으로 해야 하고 학교를 가야 한다. 학교에서는 공부해야 하고 커서 해볼 만한 사회생활을 배운다. 그런 생활을 하면서 행복한 시간이 중학교에 와서는 초등학교 때보다 줄어든 것 같다.

그래서 나는 초등학교 때 누렸던 행복을 중학교에서도 누려보고 싶다. 그러나 그 행복을 누리려면 공부를 해야 한다. 물론 초등학교 때도 공부를 했지만, 중학교 때는 중요한 시험도 생기고 수행평가도 치기 때문에 행복을 누리기가 힘이 들 것 같다. 공부해야 내가 하고 싶은 것이 생기고 나를 더욱 적극적으로 응원하는 가족과 친구, 선생님이 생기기 때문이다.

그러나 나는 생각한다. 물론 공부도 중요하지만, 행복해야지 공부나 사회생활을 할 수 있다고 말이다. 세계에서 행복 지수가 높은 나라 부탄처럼 나도 행복하고 싶다. 물론 지금도 시험을 안 치고 편하게 공부할 수 있는 1학

년이라서 좋지만, 중학교 2학년, 3학년과 고등학교, 그리고 대학 생활이 부담된다. 왜 사람들은 행복보다 교육을 조금 더 중요시하는 걸까? 그리고 왜 10대 시절에는 공부만 해야 하는 걸까? 난 그 점을 참 안타깝게 생각한다.

나는 10대 때가 제일 행복을 누릴 수 있는 나이인 것 같다고 생각한다. 어른들은 안개꽃의 꽃말인 '맑은 마음'으로 학생들에게 행복을 누리도록 자유를 주기를 원한다.

12년의 추억
- 공부의 크기

최서연_1학년

우리는 태어나면서부터 노인이 되어 숨을 다할 때까지 공부라는 것에 시달리며 산다. 그중 가장 심한 때가 바로 초·중·고, 12년 동안 학생이었을 때다. 나는 그 공부에 꼭 목숨을 걸 필요가 있을까? 라는 의문을 품으며 중학교 1학년 열네 살인 내가 지금부터 공부에 관해 얘기를 해보도록 하겠다.

혹시 'SKY 캐슬'이란 드라마를 아는가? 이 드라마는 공부와 성적에 대한 처절한 욕망을 보여 주는 드라마이다. 이 드라마에는 명대사 하나가 있다.

'내 꿈은 다 포기하고 살아왔는데 내 인생이 빈껍데기 같아요. 이렇게 허무할 수가 없어요. 열세 살 그 어린 것을 떼어 놓고 성적 잘 나온다고 좋아만 했어요.'

난 이 대사가 부모들에게 던지는 메시지라고 생각한다. 이 대사처럼 우리를 너무 공부하라고 몰아넣지 않으면 좋겠다.

몇 주일 전, 우리 반은 수학 시험을 쳤다. 평균은 45점 정도로 굉장히 낮은 점수였다. 문제가 어렵기도 했고 시간도 촉박해 시험 점수가 낮을 수밖에 없는 상황이었다. 시험을 치고 부모님께 시험지에다 편지를 써와야 했는데 나와 친한 친구가 그런 말을 했다.

"아…. 나 어떡해? 이번 시험 망했어."

나는 그 말에 동의했다.

"괜찮아. 나도 망했어."

"부모님에게 편지도 써와야 하잖아. 혼날 것 같음."

그때 나는 의문이 들었다. 그깟 시험이 뭐라고 여러 부모님은 혼을 내는 것인가. 예전에 초등학교에서 중간·기말고사가 있었을 때도 그렇다. 시험 기간만 되면 아무리 초등학생이어도 공부를 한다. 그때 애들은 서로 내기로 뭘 했는지를 물어본다.

"야, 야. 너희는 시험 잘 치면 엄마가 뭐 사준대?"

"우리 엄만 평균 90점 넘으면 폰 바꿔준대."

"난 아빠가 옷 사줄 거래."

"아. 진짜? 부럽다…. 울 엄만 치킨 사준대."

이렇게 서로 성적도 올리고 원하는 것도 갖는 건 좋은 것 같다. 일석이조니까. 하지만 시험을 못 치게 되면 결과는 달라진다.

"나 시험 망함. 폰 못 바꿨어."

"나 수학 65점 받음. 혼났어."

"아. 아쉽다. 시간을 되돌려 줬으면 100점 받을 텐데."

여러 명의 아쉬움이 반 전체에 울려 퍼진다. 이렇게 우리는 초등학교 때부터 공부에 시달린다. 나는 초등학교에 다니는 어린 나이부터 성적이 못 나오지 않았으면 하는 압박감에 시달리지 않았으면 한다. 물론 부모님께서도 시험 못 쳤다고 혼내지도 않고. 시험이나 성적보다 중요한 건 우리의 행복이 아닐까?

난 시험 점수의 숫자보다 개개인의 자유로움과 행복이 더 중요시 되어야 한다고 생각한다. 우리가 만약 고등학교를 졸업하고 대학교에 입학하여 그동안을 돌아본다면 어떤 추억들이 있을까? 방학 때 친구들과 모여서 시내에 가는 것? 쉬는 시간마다 모여서 떠드는 것? 그중에는 아마도 공부와 시험 그리고 성적 등에 관한 것도 매우 많을 것 같다. 사회에서 '공부의 크기'란 매우 중요하니깐 말이다. 하지만 공부를 못해도 할 수 있는 것은 엄청나게 많고 다양하다. 난 공부 때문에 하나뿐인 십 대 생활이 더럽혀지길 원하지 않는다. 난 자기 자신이 원하는 것을 하는 세상이 왔으면 한다.

아이들
이야기

친 구

청소년들에게 물어보면 이 세상에 가장

소중하고, 없어서는 안 될 존재가 친구다.

그러나 친구 때문에 때로는 마음 아파하고

또 때로는 친구들의 잘못된 관계 속에

위험한 선택을 하기도 한다. 그럼에도

불구하고 친구로 인해 다시 그 상처를

회복하기도 한다. 청소년들에게 친구가 가지는

의미에 대해서 아이들의 언어로 쓴

솔직한 이야기를 들어보자.

타인

–

내가 너에게 끌리는 이유

권영서_2학년

친구는 '타인'이다. 아무리 친구가 나와 가깝게 느껴진다고 해도 그들은 타인이다. 내가 친구를 타인이라고 칭하면 대개는 내가 친구에 대해 부정적인 생각을 한다고 판단한다. 하지만 나는 친구나 타인을 부정적으로 여길 생각이 전혀 없다. 나는 오히려 친구가 나의 타인이기 때문에 나를 잘 알아준다고 생각한다.

모든 사람들은 자기 합리화를 아주 잘 한다. 누구든 스스로 자기 합리화를 하지 않으려 해도 본능적으로 자기 합리화를 하게 된다. 그래서 나는 나의 성향과 반대인 친구를 만나야 한다고 생각한다. 나와 성향이 매우 같은 사람과 붙어 있으면 같은 장점, 같은 단점을 가지기 때문에 발전이 없을 것이라고 생각한다. 나와 다른 점이 없으니 매력도 느끼지 못할 것이다. 사람들이 서로 반대 성향의 사람에게 끌린다는 이유가 바로 이것 때문이라고 생각한다.

　매일매일 같은 일만 겪고, 같은 사람만 만난다면 느낌이 어떨까. 처음에는 아무렇지도 않겠지만 나에게 소중했던 사람마저 점점 질리고 익숙해져 버릴 것이다. 내가 타인을 친구로 삼고 싶은 가장 큰 이유, 매일매일 만나도 매일매일 나와 다른 점을 찾을 수 있고, 그러다가 한 번 우연히 나와 같은 점을 찾게 되었을 때의 반가움을 너무너무 사랑한다.

　다만 성향에서, 그중에서도 '취향'은 맞을 필요가 있다. 우리는 '취향'이라는 이 두 글자가 포함하는 넓은 범위의 개인적인 선호도의 차이 때문에 엄청난 갈등을 겪고는 한다. 사소하게는 무엇을 먹을지부터, 어디로 여가를 즐기러 떠날지까지 우리는 이 취향이 다른 것 때문에 피 튀기듯이 싸운다.

　말을 좀 바꾸어 보도록 하겠다. 나는 성향이 다른 친구가 아닌, 스타일은 다르지만 취향은 같은 사람을 좋아한다. 말이 많은 사람에게는 묵묵하게 말을 잘 들어주는 친구가 필요하고, 충동적인 사람에게는 계획적이어서 나까지도 계획을 세울 수 있게 해주는 친구가 필요하다.

　나도 선한 영향을 주는 친구가 되고 싶다. 나는 내 친구들에게 타인이고 싶다. 내 모든 선한 영향을 주는 친구들에게 진심으로 고맙다고 전하고 싶다.

내 친구
채은이

김희윤 _1학년

나는 오늘 내 친구 오채은과 수학 보강에 갔다. 정말로 가기 싫은 보강이지만 채은이와 같이 가서 기분이 한결 나아졌다. 채은이와 만나서 차를 타고 학원에 갔다. 들어가기 싫었지만 마치고 논다는 생각만으로 들어갔다. 1시간 30분 동안의 힘든 시간이 지나자 나와 친구는 자유가 되었다. 신나게 나와서 우리는 먼저 당을 보충했다. 우리 채은이가 사주기로 해서 난 신나게 얻어먹었다. 얻어먹어서 그런지 더 맛있었다. 요즘 코로나가 한참 유행을 해서 마스크를 쓰고 있었다. 그래서 빨대를 마스크 아래에 넣고 마셨다. 서로서로 그러고 있으니 얼굴이 웃겨서 막 웃어버렸다. 사람들이 이상하게 쳐다보았지만 친구와 함께 있으니 부끄럽지가 않았다. 그렇게 한참을 기다리다가 사람이 한 명도 없는 버스에 탔다. 사람이 너무 없어서 '우리가 이거 타야 하는 거 맞나?'라는 생각이 들 정도였다. 앉고 싶은 자리에 신나게 앉고 우리가 내려야 할 정거장이 얼마나 남았나 보았다. 그런데 54분이라고 적혀 있었다.

"야 이거 54분에 도착하는 거지?"

"당연하지~ 그럼 54분 동안 버스 타고 있냐."

"이미 54분 지났어."

".....? 그럼 우리 1시간 동안 버스 타야하는 거임? ㅋㅋㅋㅋㅋㅋ"

맞다. 우리는 바보였던 것 이였다.

"야 우리 망했다. ㅋㅋㅋㅋㅋ"

"우리 바보다. ㅋㅋㅋㅋㅋ"

우리는 각자 부모님께 연락을 드렸다. 알고 보니 우리가 출발했던 정거장 건너편에서 타야했던 것이었다. 엄마에게 한소리 듣고 전화를 끝냈다. '뭐 이것도 인생이려나' 하고 우리는 놀기 시작했다. 제로도 하고 휴대폰도 하고 이야기도 했다. 친구 이야기나 좋아하는 사람 말하기, 학교생활 등에 대해서 말하고 친구에게 상담도 하고 내가 상담을 들어주기도 했다. 너무 의미 있는 1시간이었던 것 같다. 채은이에 대해 더 많이 알게 된 것 같고 나의 고민을 들어주어서 속이 시원해졌다. 요즘 한동안 못 만나서 아쉬웠던 마음이 한순간에 없어져 버린 것 같다. 안전하게 집에 와서 오늘 이렇게 즐겁게 온 것을 생각해보았다. 원래 혼자 있었으면 너무 짜증이 나고 화가 났을 상황이었을 텐데 친구와 함께 있어서 재미있었던 것 같았다. 정말 친구란 존재는 나에게 중요한 존재라는 것도 알았다. 가족과는 또 다른 재미가 있고 없어선 안 될 나의 친구가 난 너무나 좋다.

나에게
친구란?

－

친구의 정의와 내가 생각하는 친구에 대해서

최가은_1학년

'친구는 카멜레온이다.'

우리는 살아가면서 친구가 한 명쯤은 있다. 대부분 사람들은 친구와 함께 놀고 좋은 정보를 주고받으며 친하게 지낸다. 그러나 친구로 인해 피해를 받고 우리가 친구에게 해를 끼친 적도 종종 있다. 내가 7살 때 친구랑 놀다가 친구를 오해하게 만들어서 친구에게 상처를 준 적이 있다. 지금 글을 쓰며 생각해보니 그 친구에게 많이 미안하다. 반면에 내가 친구로 인해서 피해를 받은 적도 있다. 그때 생각하면 화가 많이 난다. 그러므로 나는 친구를 계속 마음이 바뀌는 카멜레온으로 비유하고 싶다.

나는 글을 쓰며 친구의 정의가 무엇인지 찾아보았다.

찾아본 결과 친구를 네이버 국어사전 에서는 '가깝게 오랜 사귄 사람', '나이가 비슷하거나 아래인 사람을 낮추어 친근하게 이루는 말'이라고 설명한다. 반면 구글에서는 '오랫동안 가깝게 사귀어 온 사람, 주로 서로 비슷한 나이의 경우에 쓰는 말'임. '친고(親故)', '친우', '나이가 비슷하거나 아래인 사람을 낮추거나 무관하게 이르는 말'이라고 답한다.

우리는 꼭 국어사전 정의 같이 딱딱하고 형식적인 정의를 꼭 '친구의 정의'라고 해야 할까? 나는 '친구란 무엇인가?', '친구에 대한 정의란 무엇인가?'라는 물음 칸 안에 들어가게 되면 '친구란 나를 힘들게 할 때도 있지만 나를 도와주고 힘을 주는 사람'이라고 답할 것이다.

좋은 친구를 사귄다는 것은 좋은 것이다. 친구로 인해서 꿈을 가진 적도 있고, 서로를 믿어 준 적도 있다. 그러나 내가 좋은 친구를 사귀고 싶다면 내가 먼저 다가가서 좋은 친구가 돼 주어야 한다. 이 방식으로 계속 좋은 친구를 사귀면 우리는 평생 친구와 함께 할 것이고 친구가 많아질 것이다.

앞으로도 세상 살아가면서 나는 좋은 친구를 많이 사귀고 싶다. 그리고 그 친구에게 좋은 친구가 되어 좋은 친구와 함께 평생을 이어 나가고 싶다.

유리잔이나 친구나

김아영_2학년

　한순간 친구에게 배신감을 느끼고 슬픔을 느끼고 화남과 즐거움 등 모든 걸 느낄 수 있는 게 친구다. 친구는 유리잔과도 같다. 친구와 있는 건 즐겁지만 그 친구가 내 남친이나 여친이랑 같이 있는 건 즐겁지 않듯이 유리잔 또한 나란히 있으면 안전하지만 기울어지면 금이 가기 마련이니까.

　생각해보면 나에게 친구란 '거울 속의 나'이다. 친구에게 나는 내 행동을 절제하고 친구와 대화를 하여 문제를 풀어가고 친구에게 웃거나 화내는 등 내가 하는 행동으로 인한 결과는 내게 다시 친구가 보여줌으로써 돌아오게 된다. 그렇기에 더욱 친한 친구일수록 나는 행동을 조심하고 더욱 예를 갖춰줘야 된다. 한번 어긋난 우정은 다른 오해를 불러들일 수도 있기 때문이다.

　그럼 한 번 떠올려보자. 친구에게 서운 했던 적이 있었는가? 나는 있었다. 사람이니 누구나 한 번쯤은 있기 마련이다. 무슨 일이냐면 친구와 다퉜는데 그 친구는 나의 사과를 안 받아준 것이다. 몇 번이든 찾아가도 그녀는 날 만나주지 않았다. 그래서 그냥 포기했다. 오래가는 우정이 있다면 끝나 버리는 우정도 있을 테니까. 친구를 잃은 슬픔은 오래가지 않았다. 새로운 친구가 날 맞이해줬으니까. 그다지 누군가 날 떠나려 한다면 보내주는 것도 나쁘지 않다고 생각한다. 한 번씩은 스쳐 지나가는 인연이고 그 수많은 인연의 고리 중 한두 개를 끊어 냈을 뿐이다. 그렇다고 너무 많이 잘라내지는 말자. 적이 많다고 해서 내가 뭔가를 잘한다거나 뛰어난 게 아니니까. 그저 끊긴 고리를 다시 잡거나 아니면 새로운 고리로 덧붙어 나가는 게 중요하다. 친구가 없다면 혼자 모든 걸 짊어져야 한다. 허나 사람은 혼자 살아갈 순 없는 생물이다. 적을 포용하고 아군을 다듬고 서로 의지하다 보면 나에게 소중한 사람들이 늘어날 것이고 나에게도 소중하다면 그 사람들도 내가 소중할 테니 미래로 나아가기에 한 발자국 더 쉽게 갈 것이다.

허나 친구를 많이 사귀라는 것이 아니다. 의지할 수 있는 친구가 1명이어도 좋고 2명이어도 좋다. 인생이 게임이라면 친구는 그 게임을 풀 히든카드 혹은 실마리 혹은 열쇠가 될 것이다. 열쇠는 많으면 잃어버리기도 쉽다. 그러면 그 열쇠로 다른 누군가가 침입할 수도 있고 히든카드도 많으면 아무나 이길 것이다. 실마리 또한 많으면 이 세상에 미스테리는 없을 지도 모른다. 조금만 있어도 좋고 많이 있어도 좋은 게 친구인 것 같다.

그렇다면 친구들을 좀 더 믿어 보는 게 어떨까?

5가지의 소파 중
5번 소파, 매진되었습니다

이채민_1학년

나는 친구를 소파라고 생각한다. 우리가 일상생활에서 자주 앉고 눕는 그 소파 말이다. 나는 '친구는 무엇일까?'라는 주제를 가지고 곰곰이 생각해 보았다. 그러다 떠오른 친구라는 원관념의 보조관념. 소파였다. 소파에는 여러 종류가 있다. 일부러 딱딱하게 만든 소파, 의도와는 다르게 딱딱해진 소파, 너무나도 푹신한 소파, 적당히 푹신한 소파, 그리고 최고로 좋아하는 소파. 그 외에도 더 많은 종류가 있지만 5가지의 종류로만 설명하겠다. 내가 설명한 5가지의 소파는 모두 내 친구를 비유하여 설명한 것이다. 이 5가지의 소파를 하나하나 풀어보겠다.

1. 일부러 딱딱하게 만든 소파

이 소파는 친구가 아닌 친구 같은 적을 뜻한다. 어떻게 앉든 눕든, 나는 그 소파가 불편하다. 너무 딱딱하기 때문이다. 친구도 똑같다. 이렇게 말을 걸든 저렇게 말을 걸든. 어떻게 말을 걸어도 "와 얘는 나랑 못 친해지겠다. 아니, 안 친해지고 싶다."라는 생각밖에 들지 않는 상대가 있을 것이다. 그 이유는 성격 차이 때문이다. 사람은 성격이 다 다르다. 비슷할 수도 있겠지만 똑같은 건 아니다. "우리는 민트 초코를 좋아한다. 나는 녹차도 좋아한다. 하지만 그 친구는 녹차를 싫어한다." 이 상황처럼 우리는 잘 맞을 줄 알았는데 다르다는 걸 느낄 수 있다. 서로를 더 알아가다 보면 분명 다른 게 있을 것이다. 하지만 달라도 너무 다르다면 친구들 사이에 균열이 생길 것이고, 그러다 보면 싸우게 되고, 흔히 말하는 절교를 하게 될 것이다. 만약 그 친구한테 기대게 된다면 찝찝하면서도 불편한 느낌이 들 것이다. 이끼 많은 돌멩이에 기댄 것처럼 말이다.

2. 의도와는 다르게 딱딱해진 소파

이 소파는 친구였지만 점점 시간이 갈수록 서먹해지는 친구를 뜻한다. 이 소파는 나와 나의 친구들을 말한다. 나는 작년, 우리 반 친구들과 사이가 아주 좋았다. 같이 놀이공원도 가고 영화관도 간 사이였다. 하지만 겨울이 될수록 우리 반 친구들은 친구를 편을 나눠 다녔고 우리 반 여자애들에게서는 3개의 무리가 나왔다. 나는 이걸 의도한 게 아녔다. 그 뒤로 우리는 서로 질문을 하면 가식적인 말, 짜증내는 말투의 말 등을 내뱉었다. 만약 이 상태로 친구한테 기대게 된다면 1번과는 다르게, 망설여질 것이다. 1번은 처음부터 사이가 안 좋았지만 2번은 서로에게 정이 쌓여있기 때문이다. 이 상태로 기댄다면 장난감 때문에 싸웠다가, 선생님께 혼나 그 친구와 내가 손을 꼬옥 잡아야 하는 유치원생의 모습과 유사할 것이다.

3. 너무나도 푹신한 소파

이 소파는 마음은 참 너그럽지만 부담스러운 친구를 뜻한다. 그런 친구는 꼭 한 명씩 있을 것이다. 보통 그런 친구는 힘든 일이 있으면 다 털어놓으라는 듯 말한다. 하지만 좀 꺼림칙할 때가 많다. "나의 사생활을 이 친구한테까지 알려주고 싶지 않다?" 그럼 그 친구와 나의 선은 여기까지인 거다. 내 머릿속에는 친구라고 저장되어 있지만 내가 진정으로 여기는 친구는 아닌 거다. 일명 '가짜 친구' 그 친구한테는 미안하지만, 나에게는 '같은 학교 다니는 같은 나이의 아이'로만 인식된다. 이 상태로 그 친구한테 기대게 된다면 끔찍한 것까지는 아니지만 꺼려질 것 같다. 그리고 나를 맞춰주려고 노력하는 친구에게 미안할 것 같다. 이 상태로 기댄다면 한쪽에서만 좋아하는 일명 '짝사랑'의 모습과 유사할 것이다.

4. 적당히 푹신한 소파

이 소파는 내가 친해지고 싶은 친구를 뜻한다. 사람들은 모두 이 소파를 가지고 있을 것이다. 물론 나 또한 있다. 이 소파는 앉으면 "어 이거 괜찮은데?"라는 느낌을 주다가도 "와 이거 엄청 편하다. 또 사고 싶다."라는 느낌을 주기도 한다. 친구도 똑같다. 처음 만났을 때는, "어 쟤랑 친하게 지내볼까?"라는 생각이 들다가도 "와 나랑 성격이 잘 맞아. 친해지고 싶다."라는 생각이 들기도 한다. 4번은 2번의 전 단계기도 하다. 4번으로 인해 친해졌다가 2번으로 뒤바뀌는 상황이 또 발생할 수도 있다. 이 상태로 기대게 된다면 2번과는 또 다른 망설임이 나타날 것 같다. 왜냐, 내가 친해지고 싶은 친구에게 실수하면 안 되니까. 실수하면 2번이 되니까. 이 상태로 기댄다면 난 '성격이 고약한 왕에게 넙죽 해야 하는 신하'의 모습과 유사할 것이다.

5. 최고로 좋아하는 소파

이 소파는 해석이 필요 없다. 누구나 짐작할 수 있었던 이 소파는 가장 친한 친구, '베프'를 뜻한다. 베프는 최고의 친구를 뜻하는 말이다. 베프는 누구에게나 있는 건 아니다. 이때까지 사소한 것인 줄 알았던 베프는, 이 세상 누구보다도 제일 소중한 친구이다. '멸종위기 1급'으로 비유해도 틀린 말은 아니다. 그만큼, 없어서는 안 된다. 베프는 내가 힘들 때 옆에 있어 주고, 진심 어린 위로와 사과를 해주고, 나를 누구보다 잘 아는 내 삶의 활력소이다. 무서운 말이겠지만 날 위로해줬던 베프가 없었다면 난 지금 여기 없지 않았을까? 그 친구가 없으면 내 마음은 썩어 고칠 수 없을 때까지 망가져 갔을 테니까. 이 상태로 기대게 된다면 난 울고도 남았을 것이다. 정말 고맙고 미안해서 펑펑 울 것 같다. 베프는 나에게 그런 존재니까. 이 상태로 기댄다면 그 친구는 '우울증 치료제'와 유사할 것이다.

이렇게 5가지의 소파의 의미를 풀어보았다. 친구는 '친한 아이'라는 의미로 알고 있었던 사람들은 이 의미를 보고 자신의 친구에 대해 다시 생각해보는 시간을 갖는 것도 좋을 것 같다. 나는 이 다섯 소파를 다 가지고 있다. 1번부터 5번까지 다. 하지만 그렇게 크고 나쁜 영향을 주진 않는다. 자신이 아끼는 4번, 5번만 챙겨도 내 삶에 크고 좋은 영향을 줄 것이다. 나는 이제부터 내가 가장 아끼는 친구에게 5번 소파가 될 것이다. 사람들 모두 자신에게 소중한 사람을 위해 5번 소파가 되면 좋겠다. 만약 이 소파들이 실제로 시중에 팔린다면, 소파를 사러 온 사람들은 들었으면 좋겠다. "5번 소파, 매진되었습니다."라는 말을.

고속도로 사이의 휴게소, 친구도 나도 휴게소처럼

전수빈_3학년

어른들은 좋은 친구를 만나라고 한다. 좋은 친구란 무엇일까? 내가 생각하는 좋은 친구는 내가 아무리 퍼줘도 아깝지 않고 함께 있으면 기분이 좋아지는 친구다.

내 말에 귀 기울여 주는 친구, 같이 있을 때 편안한 친구, 자신이 생각할 때 좋은 것을 나에게도 많이 해주는 친구, 고맙다는 말을 많이 하고 미안하다는 말을 적게 하는 친구, 나를 믿어주는 친구. 더 있기는 하지만 꼭 사람 친구가 아니어도 괜찮기 때문에 친구는 책이 될 수도, 휴대폰이 될 수도, 가족이 될 수도 있다고 생각한다. 무엇이든 내가 '친구'라고 생각하면 친구가 될 수 있다. 앞서 예시로 얘기했던 책과 휴대폰, 가족 등은 나의 바쁜 일상 속에서 내가 잠시 쉬어갈 수 있는 시간이다.

그래서 나에게 '친구'는 '휴게소'이다.

왜냐하면 우리가 고속도로를 타고 어딘가로 멀리 떠날 때 잠시 쉬어갈 수 있는 공간으로는 휴게소와 쉼터가 있는데 쉼터는 도로와 함께 오픈되어 있는 공간이고 휴게소는 조금 외곽으로 빠져서 조금 더 크게 자리 잡고 있다. 나는 쉼터보다 휴게소를 더 좋아한다. (사실 쉼터는 내가 기억하는 걸로는 한 번밖에 안 가본 것 같다.) 왜냐하면 쉼터는 공간만 나뉘어 있으니까 도로와 쉼터 사이에 내가 애매하게 자리하고 있는 것 같아서 약간이라도 도로와 분리되어 있는 휴게소를 더 좋아한다.

친구를 쉼터와 휴게소로 생각해보고 도로를 나의 바쁜 일상으로 생각해보면, 쉼터는 바쁜 일상에 쫓기면서 친구와 노는 듯한 느낌이 들고, 휴게소는 바쁜 일상에서 조금이라도 분리되어서 친구와 안심하고 놀 수 있다는 느낌이 든다.

음...... 솔직히 현실은 휴게소보다는 쉼터 느낌이기는 하다.

왜냐하면 대부분 학생들의 일상은 생각보다도 더 빡빡하니까. 항상 학원 숙제, 학교 숙제 또는 시간에 쫓겨서, 노는 게 노는 게 아니다..... 이렇게 쫓기면서 즐기는 것을 즐긴다고 할 수 없을 것 같기는 하다만...... 어쩌겠나. 우리의 일상이 이런걸. 요즘에는 대부분의 학생이 학원에 다니고 있어서 친구와 놀려고 날짜를 잡는데만 해도 최소 반나절은 걸린다.

최! 소! 반나절이라는 거지. 주중에 어떤 일이 생기게 될지 주말에 학원이 잡힐지 그날에는 모르니까. 이렇게 날짜를 정해도 약속 잡아놓은 그 날! 학원에서 불러서 못 만날 수도 있다. 또, 노는 동안 계속 ' 으...... 나 숙제 많이 남았는데......' 라는 생각이 든다. 그리고 극적으로 친구랑 만나서 잘 놀다가도 집에 갈 때가 되면 갑자기 친구의 표정이 어두워진다.

"야, 너 숙제 다 했냐?"

"하하하...... 했겠냐?"

"그치 그치...... 너는 했을 것 같은데..? 나 하나도 안 함~ 집 가서 미친 듯이 해야지......"

"그니까......"

하며 아무 일 아닌 척 얘기하다가도 다시

"아...... 나 진짜 어떡하니 진짜로 망했어......"

"하하...... 그냥 같이 망할까......?"

"... 그러자..."

라면서 난리를 치다가 다시 잘 놀기 시작한다.

친구가 그렇지 뭐. 이랬다가 저랬다가, 이렇게도 했다가 저렇게도 했다가, 싸우기도 하고 웃기도 하고 친구는 그럴 수 있다. 축하할 일 있으면 서로 축하해 주고, 화나는 일 있으면 같이 욕도 해주고, 슬픈 일 있으면 같이 슬퍼해 주고, 위로해 주고, 아파하면 아프지 말라고도 해주고, 즐거운 일 있으면 같이 웃고, 수다 떨고, 친구 덕질하는거 구경하고, 친구 생일 선물, 생일빵도 챙겨주고. 함께 재미있을 수 있는 이런 시간들이 내가 잠시 쉬어 갈 시간인 거 같다.

하지만 이렇게 가까웠던 친구와도 한순간에 틀어질 수 있다.

이 단락부터는 내가 느꼈던, 경험해 보았던 진짜 친구 하기 싫은 사람 유형을 적어볼 것이다. 아마 여기 적힌 내용을 읽고 공감 가는 분들도 계실 것이다. 누구든 하나 정도는 공감이 갈 것 같다. 이 내용에는 나의 감정과 굉장히 주관적인 내용으로 가득가득하니 읽고 공감되면 감탄하면 된다. 그러면 정말로 친구 하기 싫은 사람을 적어보겠다.

일단 처음에 말할 것은... 아니 적어볼 것은 나는 최대 네 번까지는 용서해 준다. 원래 세 번인데 세 번은 너무 가혹하고 다섯 번은 너무 많으니까 네 번으로 정했다.

첫 번째, 자꾸 약속 깨는 친구

솔직히 아프거나 가족여행이나 가족끼리 외식하러 갈 일이 생기는 건 네 번에 포함하지 않는다. 하지만 나랑 약속 있는 걸 잊고 다른 친구랑 약속을 잡았다던가, 만나기 직전에 문자나 전화로 이유 없이 약속을 깨는, 조금 어이없는 일이 발생하면 이건 한 번에 포함이다. 이 상황에서 나와 먼저 했던 선약을 깨고 다른 친구랑 한 약속을 가도 기분이 나쁘고 그 친구와의 약속을 깨고 나랑 한 약속을 와도 기분이 찜찜하다. 왜냐하면 나랑 한 약속을 기억하지 못할 정도로 중요하지 않다는 의미니까. 그게 아니면 다른 친구랑 노는 게 나랑 노는 것보다 재미있고 즐겁다는 것이니까. 뭐가 되었든 기분이 나쁜 건 사실이다.

두 번째, 부탁 들어주는 게 당연하다고 생각하는 친구

다른 말로는 내가 호구인 줄 아는 친구. 여기에는 내 잘못도 있다. 내가 그 친구의 부탁을 싫다는 소리 하지 않고 잘 들어준 것. 그 친구가 자신의 부탁을 내가 당연히 들어주리라 생각하게 할 명분을 제공해 준 것. 이거는 내 잘못이다. 싫은 걸 싫다고 얘기 안 한 거. 하지만 부탁 들어주지 않으면 당연하다는 듯이 등 돌려 버리고 안 착하다고 하는 친구는 굳이 싫은 부탁 들어주면서까지 친구로 지낼 필요는 없을 것 같다.

세 번째, 무리한 부탁을 하는 친구

나를 진짜 친구로 생각한다면 할 수 없는 부탁 말이다. 예를 들자면 나랑 평소에 얘기도 별로 안 하던 애들이 와서 '이 문제 좀 가르쳐 줄 수 있냐'고 부탁하는 건 들어줄 수 있다. 하지만 친한 친구든 친한 친구가 아니든 '나 대신에 이것 좀 해주라' 라는 부탁은 싫다. 친한 친구일 때는 장난식으로 "다음에 또 부탁하면 너는 나한테 혼나!!!"라면서 웃으면서 넘어가면 다음에는 부탁하지 않는다. 나도 귀찮다는 걸 그 애도 아니까. 친하지 않은 애면 거의 돌려서 거절하지만 돌려 말하면 눈치채지 못하는 친구들도 있으니까. '이거는 네가 하는 게 좋지 않을까?'라는 식으로 얘기하면 뒤에가서 딴 애랑 '싫대?' ' 어 싫대.' 하면서 얘기하는 애들이 꼭 한 명씩은 있으니까 웬만하면 싫으면 싫다고 하는 게 가장 좋은 것 같다.

나를 진짜 친구라고 생각한다는 친구에게 물어봤더니 자기도 이런 유형은 정말 싫다고 했다. 자기 같아도 진짜 친구한테 이런 부탁은 못 하겠다고 자신이 생각했을 때 무리한 부탁은 상대한테도 무리일지 모르니까 부탁할 수가 없다고 했다.

네 번째, 거짓말하는 친구

거짓말이라...... 나는 거짓말을 잘 하지 않는다. 겉으로 티는 안내지만 거짓말을 하는 순간 무언가가 내 양심을 쿡쿡 찌르기 때문이다. 그래서인지 거짓말하는 걸 싫어한다. 정확히는 별로 안 좋아한다. 그 친구의 말이

거짓이라는 게 들통나면 신뢰가 떨어지고 결국엔 신뢰가 바닥나게 된다. 그럼 그 친구를 믿지 못하게 되고 자연스레 거리를 두게 되기 때문이다.

그럼 멀어지겠지?

다섯 번째, 내 앞에서 다른 친구 험담하는 친구

나한테 와서 "야야야 A 말이야~로 시작해서 ~그렇지? 그렇지 않아?" 라고 얘기하는 친구는 대답하기가 아주 많이 곤란하다. 나는 그냥 대답 없이 듣고만 있는데 속으로는 '둘이 잘 지내는 것 같던데…… 왜 자꾸 욕하지……?'라고 생각한다. 이렇게 나한테 와서 다른 애 험담하면 다른 애한테 가서 또 내 험담할 수도 있을 것 같은 생각이 든다. A라는 친구가 듣지 못했을 거라는 생각을 가지지 말아야 하는데 자꾸 못 들었겠지, 하면서 험담을 하면 어디 가서 내 얘기도 조심성 없이 할 가능성이 0.00001%라도 있으니까 친하게 지내기가 쉽지 않다.

이렇게 친하게 지내고 싶지 않은 사람 유형들이 많은데, 내 경험을 바탕으로 쓴 거라서 쓰다 보니 뭐랄까…… 기분이 조금 이상했다. 하지만 이 글을 읽는 사람 중에서 '나한테도 이런 친구 있었는데!!'하면서 공감되는 유형도 있을 것이다.

내가 싫고 귀찮은 건 내 친구도 싫고 귀찮고, 내가 좋고 맛있고 즐거운 건 내 친구도 좋고 맛있고 즐거울 것이다. 그러니까 나 좋은 거 많이 나누고 함께하면 나한테도 다시 돌아오니까 많이 나눴으면 좋겠다. 당연히 나도 그렇게 할 것이고. 내가 그 친구가 언제까지나 나의 휴게소가 되어주었으면 좋겠다 싶으면 나도 그 친구의 휴게소가 되어줄 수 있어야 한다고 생각한다.

친구가 나에게 쉴 공간이 되어주
듯이 나도 친구에게 쉴 공간이 되어
주고, 친구가 나에게 잘해주듯이 나
도 친구에게 잘해주면 싸워도 금방
화해하고 원래대로 친하게 지낼 수
있게 된다. 지금 친한 친구들이 나
이 들어서까지 친구가 될 수 있었으면 좋겠다. 왜냐하면 나를 좋아해 주고
내가 좋아하는 사람들만 만나고 살아도 늘 헤어질 때면 아쉽고 다시 만날
때면 반갑기 때문이다.

나는 친구들과 함께 있는 시간이 고속도로 사이에 있는 휴게소처럼 반갑
고 쉴 수 있는 시간이라서 굉장히 소중하고 즐겁다.

그래서 나에게 친구는 '휴게소' 이다.

친구의
중요함

최서연_1학년

'친구는 거울이다.'

내가 겪은 바로는 친구끼리는 닮아가는 것 같다. 닮아가는 것을 본 적도 있고 내가 겪은 적도 있다. 중학교에 들어가며 친구에 대한 부피는 점점 커져만 간다. 성장기일 때는 훨씬 더 친구가 중요해진다. 가족으로 채워지지 않는 친구들만의 우정이 있다.

외향적인 친구들, 내향적인 친구들, 꼼꼼한 친구들, 산만한 친구들 등등 학교에는 다양한 친구들이 있다. 그 친구들은 서로 친하게 지내며 우정을 쌓아간다.

특히 이때는 친구 관계가 굉장히 중요하다. 친구가 많아 보이기 위해 거짓으로 그 많은 얇은 줄을 가늘게 잡고 있는 것은 좋지 않은 짓이다. 수는 적더라도 굵고 탄탄한 두꺼운 줄을 묶고 있는 것이 더 좋다. 친구는 수에 비례하지 않는다는 것이다. 우정은 깊이가 더 중요하다.

친구에 대한 명언 중에 그런 것이 있다.

'등 뒤로 불어오는 바람, 눈앞에 빛나는 태양, 옆에서 함께 가는 친구보다 더 좋은 것은 없으리.'

이처럼 우리에게 친구는 뒷받침해주는 지지대이자 삶에서 중요한 부분을 차지한다. 친구와 의견이 맞지 않아 멀어진 일도, 화해하며 서로 미안하다고 해준 일도, 생일을 축하해준 일 모두 우리에게는 한 편의 큰 추억이 될 것이다.

지금 나와 제일 친한 친구들 다 같이 이 우정이 늙을 때까지 영원했으면 좋겠다.

아이들
이야기

진로

매 학년 첫 시간. 담임 선생님의
자기소개서에 적어야 하는 것!
학교생활기록부에 이유와 함께 적어야 하는 것
나의 꿈! 아니 정확하게는 내가 나중에 하고
싶은 직업이다. 아이들은 끊임없이 진로를
말하라고 강요받는다. 내가 뭘 잘할 수 있을지
뭘 해야 할지 모르겠지만 아이들은 진로를
말해야 하고 정해야 한다.
'내가 진정하고 싶은 것은 무엇일까'를
누구보다 치열하게 고민하는 아이들의
이야기를 들어보자.

아닐 미, 올 래

—
가까우면서도 먼, 전혀 알 수 없는

권영서_2학년

아닐 미(未), 올 래(來). 아직 오지 않은 것이 미래(未來)다. 그 누구도 자신의 미래를 확신할 수 없다. 그렇기에 우리는 무궁무진한 우리의 미래를 예측해보기도 한다.

아침에 일어나서, 간단하게 아침을 먹는다. 메뉴가 무엇이든 상관없다. 다만 가스레인지를 사용하지 않아도 될 정도의 간단한 음식이었으면 좋겠다. 식사를 다 하고 나면, 높은 빌딩 속으로 출근을 한다. 내가 어떤 직업을 가질지는 잘 모르겠다만, 나는 도심 속에서 살고 싶다. 무엇이든지 빠르게 흘러가는 곳에서 나도 빠르고 부지런하게 하루를 보내고 싶다. 정신없이 일을 하다가 퇴근 시간 즈음이 되면, 어떤 날은 친구를 만나고, 어떤 날은 간단하게 산책을 하고, 어떤 날은 집에 일찍 들어가서 영화를 본다. 그렇게 하루를 마무리한다. 휴일이 되면, 해가 중천에 뜬 것도 모자라 다시 서쪽으로 넘어가려 할 때 즈음 일어나 해야 할 일을 한다. 청소도 하고, 장도 보고, 설거지도 한다. 가끔은 쇼핑을 하러 쇼핑몰에 가기도 한다. 이게 내가 상상하는 미래다.

아무런 생각 없이 인터넷 속을 서핑하다 마음에 와닿는 글귀를 본 적이 있다. 사람들은 미래를 위해서 현재를 열심히 살고 있는데, 지금 현재도 내 까마득한 과거의 미래이지 않느냐는 말이었다. 누가 가슴을 한 대 때리기라도 한 것처럼 멍한 느낌이 들었다. 오늘 내가 뭘 했는지, 내일 내가 뭘 해야 할지 생각 따위는 하지 않은 채 그냥 흘러가는 대로 일상을 보내고 있었는데, 과거의 내가 기대했을 현재를 흘러가는 대로만 보낸다면 내 미래도 현재처럼 달라지는 것이 없을 거라는 생각이 들었다. 그때 처음으로 내가 미래에 대체 무엇을 하고 있을지 상상해보았다. 아직 장래 희망도 없는데다가, 내 적성이 무엇인지도 정확하게 파악하지 않은 상태에서 미래를 상상하기는 좀처럼 쉬운 일이 아니었다. 내가 무엇을 하고 있을지는 여전히 모르겠다. 아마 시간이 아주아주 많이 흐르게 되더라도 절대 알아낼 수 없는게 미래인 것 같다.

그래도 미래에 무엇을 하고 싶은지는 명확하게 떠올릴 수 있다. 나는 자가용 자동차도 한 대 있었으면 좋겠고, 내가 번 돈으로 해외여행도 자주 갈 수 있었으면 좋겠다. 이 목표들이 내가 열심히 살아야 한다는 계기를 제공한다. 지금 부모님이 나에게 제공해주는 혜택보다 더 많은 혜택을 누리고 싶다는 것, 넓은 집에 살고 싶다는 것, 내가 번 돈으로 취미 생활을 마음껏 하고 싶다는 것. 사소해 보이지만 사소하게 노력해서 가질 수 있는 것은 아니라고 생각한다. 그러므로 나는 오늘도 내 미래를 상상한다. 넓디넓은 도심 인파 속에 묻혀 길을 걷고, 친구들을 만나고, 일을 하고, 돈을 벌고, 하고 싶은 일을 하고 있는 나를 떠올린다. 내 멋진 미래의 모습이 내가 열정적으로 살 수 있게 하는 원동력이다.

　나는 가지고 싶은 것이 많다. 지금 가질 수 없더라도 미래에 꼭 누리고 싶은 것, 가지고 싶은 것이 많다. 그러므로 나는 오늘도 행복한 상상을 한다. 하고 싶은 일을 하고, 돈을 넉넉하게 벌어서 여유로운 나를 상상한다. 미래, 이것이 나를 이끌어주는 원동력이다.

10년 후 나에게

김희윤 _1학년

안녕? 나는 10년 전의 너야. 나는 지금 14세이고 코로나 때문에 엉망인 생활을 하고 있어. 너는 지금 무엇을 하고 있니? 심리학자나 치과의사가 되었니? 꿈을 이루어서 행복하게 살고 있었으면 좋겠다. 하지만 꼭 이 꿈들을 이룰 필요는 없어. 네가 행복한 일을 하면 돼.

나도 내가 무엇이 돼야 할지, 고민이 돼. 지금 하고 있는 공부도 어려워. 내가 이걸 할 수 있을까 고민도 되고 심리학자가 되고 싶은 마음이 있나 생각도 해봐. 생각도 많이 해보고 열심히 노력해서 내가 어떻게 될지 보고 싶다. 내 생각대로 완벽하게 되지는 못하겠지만 그렇게 되려고 노력 중이야. 나는 하고 싶은 게 무척이나 많아. 심리학자, 치과의사, 작가, 위클래스 선생님 등등. 이 중 한 가지를 선택하거나 아예 다른 길로 갈 수도 있어. 그래도 일단 나의 길을 가야겠다. 내가 노력해서 잘될게.

그럼 이 글을 다시 읽을 때까지 안녕.

친구들과 보내는 새해

이채민_1학년

2036년 1월 1일 화요일

　오늘은 조금 색다른 하루가 될 것을 예상하며 두꺼운 이불을 꼬옥 덥고 잠을 깬다. 오늘은 2036년 1월 1일 화요일. 새로운 해가 시작되는 날이다. 10년 전 12월 31일에는 11시부터 1월 1일을 기다렸다면, 10년이 지난 지금은 좀 능구렁이가 되었다. 하지만 오늘을 이렇게 보낼 순 없지! 처음이자 마지막으로 친구들과 보냈던 스무 살의 10주년 기념으로 그때 친구들과 놀기로 마음먹었다. 사실 친구들과 마지막으로 연락한 건 2일 전이다. 나는 친구들과의 소통, 모임에서 나서는 걸 좋아하기 때문에 거의 일주일에 3번은 문자나 전화를 한다. 오늘도 친구들과의 모임을 잡는다.

　└ 헤이 친구들? 부산 바다 갑시다~

　└ (친구 1) ㅇㅋ, 10시까지 만나.

└ (친구 3) 10시까지는 무리임. (친구 2) 걔 10시에 일어나잖아.

└ (친구 2) 오늘은 일찍 일어나는 날 이거든;; 10시에 가자. 가서 낭만을 펼치고 오자고^^.

친구들과 장난같이 보이지만, 우리는 진지했던 문자를 하고 조금이나마 추위를 피하기 위해 빠르게 움직였다. 세수와 양치를 하고 옷을 입으려 옷장을 열었다. 오늘은 5도도 안 되는 날. 그래도 하루밖에 없는 2036년 1월 1일이니 추위를 견디고 예쁜 옷을 꺼내 입었다. 난 누구를 기다리게 하는 걸 싫어하기 때문에 미리 차를 끌고 친구의 집으로 향했다. 먼저 제일 빨리 나오는 친구 1과 3을 데리고 늦게 나오는 친구 2의 집에 찾아갔다. 나는 친구 2의 모습을 보고 빵 터졌다. 누구와는 다르게 추위에 민감한 친구 2는 롱패딩을 발에 질질 끌면서 펭귄처럼 뒤뚱뒤뚱 걸어나왔다. 순간 이렇게 나와 스타일이 다른데 어떻게 친해졌는지 신기했다. 우리는 부산으로 출발했다.

도착하니 1시였다. 늦게 나온 걸 너무나도 후회했다. 오자마자 사진부터 찍으려고 했었던 우리는 밥부터 찾았다. 부산까지 왔는데 평범한 걸 먹을 순 없어서 장사가 잘되는 밀면 집에 갔다. 밀면을 다 먹고 본격적으로 놀 준비를 했다. 솔직히 부산은 처음이라 뭘 해야 할지 몰랐다. 그때 사람들이 어린 왕자 모형과 사진을 찍길래 우리도 줄을 서 어린 왕자와 어깨동무를 하고 찍었다. 찍을 땐 신이 나 기분이 좋았지만 사진을 다 찍고 할 게 없어져 침울해진 우리였다. 그러더니 갑자기 친구 2가 케이블카를 타러 가자고 했다. 우리는 좋고 싫음을 따지지 않고 바로 친구 2의 말에 따랐다.

우리는 돈을 내고 케이블카에 탔다. 투명 바닥이어서 바다가 훤히 보였다. 우리는 친구 2를 보고 존경한다는 눈빛을 보냈다. 그렇게 멍 때리며 바

다 감상 중일 때 우리 케이블카 밑으로 갈매기 떼가 지나가고 있었다. 우리는 갈매기가 가기 전에 발을 맞대어 사진을 찍었다. 급하게 찍다보니 건진 사진이 없었다. 좀 아쉬웠지만, 부산엔 갈매기가 많으니 나중에 찍으면 된다고 긍정적으로 좋게 넘어갔다.

시간은 벌써 5시 반이 되었다. 저녁을 먹어야 했지만 늦게 먹은 점심이 소화가 안 돼서 부산 유명 먹거리를 먹기로 했다. 먼저 제일 중요한 호떡을 하나만 먹고 끝냈다. 친구 1이 더 먹으면 앞으로 먹어야 할 음식이 줄어든다고, 들어갈 위가 적어진다고 먹지 말자고 했다. 친구한테는 미안하지만 참 한심했다. 어릴 때 그렇게 머리를 썼어야지.

그리고 우리는 바다에 갔다. 무슨 바다인지는 모르겠지만 하늘은 참 예뻤다. 나는 친구들에게 가위 바위 보에서 진사람, 바다에 발 담그기를 하자고 했다. 하지만 나는 욕을 먹었다. 그리고 나는 뒤에서 오는 파도를 보지 못하고 양말이 다 젖고 말았다. 나는 절망한 채로 차를 향해 걸어갔다. 나는 젖은 발로 페달을 밟으며 다른 장소로 이동했다.

겨울이라 그런지 하늘은 벌써 어두컴컴해졌다. 1월 1일의 해가 뜨는 건 못 봤지만 지는 건 봐서 다행이라고 생각했다.

차에서 내려 주위를 보니 건물에서는 환한 빛이 났다. 그리고 더 환했던 빛나는 여인의 모형이 있었다. 그 여인과 사진을 찍고 싶었지만 너무나도 추운 탓에 건물 안에 들어가 커피를 마시며 몸을 녹였다.

이제 9시. 돌아갈 준비를 했다. 나를 포함한 4명은 모두 잠이 밀려왔고 기절 직전이었다. 나는 '왜 차를 가지고 왔을까'라며 후회했다. 친구 1은 나에게 자신이 운전하겠다고 했다. 하지만 나는 괜찮다고 했다. 장롱면허에게 핸들을 넘겨주고 싶지 않았다. 그때 친구 3이 노래를 크게 들었다. 그러고는 말했다. "졸음운전 하지 말라고 틀어놓는 거야. 감사해야 해."

나는 진짜 한 대 쥐어박고 싶었다. 3시간 뒤 나는 목을 주무르며 친구들을 깨웠다. "야 1월 2일임. 여행 땡! 이제 좀 집에 가."

나는 집에 오자마자 침대에 풀썩 누웠다. 내가 지금 서른 살이라는 게 믿기지가 않았다. 여행할 때는 몰랐던 친구에 대한 행복이 느껴졌다. 오늘 밤을 보내면 또다시 선생 이채민으로 돌아가겠지만, 오늘 있었던 일은 잊지 않고 영원히 간직하고 싶다. 친구들과 보낸 새해라 행복했다.

꿈이오? 꿈은 없고요, 하고 싶은 건 많아요

전수빈_3학년

오늘은 내 일기장 대신에 이곳에 적어 보려고 한다. 오늘은 2020년 8월 31일. 9월 1일 되기 딱 11분 전이다. 그래서 나는 9월 1일. 11분 후이면 현재가 되어버릴 이 날짜에 일기를 쓸 것이다.

"꿈이 뭐니?"

"꿈이오? 어...... 딱히;;그런 거 없어요. 하하....;;"

새 학기가 시작된다. 새 학기가 시작되고 얼마 후 담임 선생님께서는 작은 종이를 주신다. 그 종이에는 반, 번호, 이름을 적을 수 있는 작은 칸과 나의 꿈을 쓸 수 있는 칸, 그리고 그 꿈을 가지게 된 이유를 적는 칸이 있다. 그 종이를 받을 때면 나는 항상 고민한다. 다른 애들도 그런가 보다. 그 종이를 받은 후에 선생님께서 적으라고 하실 때면 꼭 한 명씩은 물어보더라.

"선생님!! 꿈이 없으면 어떡해요?"

라고 물으면 선생님마다 답변이 다르다.

"생각해봐? 하고 싶은 거 없어?"

"아무리 생각해도 없으면 그냥 선생님 적어~~"

"꿈이 없다고? 없으면 그냥 하고 싶은 거 적고 그래도 적을 게 없으면 그냥 없다고 해."

라든지. 엄청 다양한 대답을 하신다. 이럴 때마다 나는 그냥 '선생님'이라고 적는다. 왜냐고? 나는 꿈이 없으니까.

꿈. 인터넷에서 어학사전으로 들어가면 꿈이라는 단어가 '실현하고 싶은 희망이나 이상'이라고 나온다. 또 '실현될 가능성이 아주 적거나 전혀 없는 헛된 기대나 생각'이라고도 나온다. 실현될 가능성이 아주 적거나 전혀 없는 헛된 기대나 생각. 이래서 어른들이 꿈은 크게 잡아도 된다고 하는 건가 보다. 헛된 기대니까. 실현 가능성이 아주 적으니까.

나는 꿈이 없다. 그리고 또 잘하는 것도 없고, 좋아하는 것도 있지만 그렇다고 그걸 엄청나게 잘하는 건 아니고. 또 무언가에 굉장한 재능이 있는 것도 아니고, 무언가를 특출나게 잘하는 것도 아니다. 하지만 해보고 싶고 관심이 있는 건 있다. 중학교 3학년 기술·가정 수업 때 생애 주기에 대해 배우는데 청소년기에는 진로를 탐색해야 한다고 한다. 하지만 우리에겐 이렇게 여유롭게 꿈을 찾고 있을 시간이 없다. 항상 바쁜 일상에 쫓겨 가면서 살아가는 내가, 또는 우리들이 언제 어떻게 내 꿈을 찾아서 그 길에 대해 조사하고 할 수 있는지 나는 잘 모르겠다. 하지만 내 주변에는 벌써 고등학교도 어디 갈지 정해놓고 하고 싶은 일과 관련된 학교, 학과를 찾아서 준비하고 있는데 나는 뭘 해야 할지도 뭘 하고 싶은지도 모르니까 어떻게 해야 할지 모르겠다. 나는 그림 그리는 것도 좋아하고, 무언가를 디자인하는 것도 좋아하고, 손으로 꼼지락꼼지락 만드는 것도 좋아하고, 꾸미는 것도 좋아하고, 무언가 귀엽고 예쁜 걸 만드는 걸 좋아하고. 책 읽는 것도 좋아하고, 글 쓰는 것도 좋아하고, 영화 보는 것도 좋아하고, 웹툰, 웹소설, 웹드라마 몰아서 보는 것도 좋아하고, 이러다 가끔은 재밌는 걸 발견해서 나도 모르게 빠져들어 정주행해 버리고. 이것조차도 좋다. 또 밖에 나가서 노는 것도 좋아하고, 친구들과 수다 떠는 것도 좋아하고, 방에 콕 박혀서 혼자 멍 때리는 것도 좋아하고. 좋아하는 건 많은데 잘하는 게 없다. 그림 그리는 거? 내 그림을 본 친구들은 잘 그린다고들 하는데 세상에는 나보다 더 잘하는 사람들이 많다. 만드는 거? 이것도 마찬가지다. 디자인? 창작? 나보다 잘하는 사람들은 널리고 널렸다. 나만 자꾸 고민하는 것 같다. 나만 그런 게 아닐 건데도 말이다. 그래서 꿈도 모르겠고, 하고 싶은 것도 모르겠고, 좋아하는 거, 싫어하는 거, 잘하는 거, 못하는 거. 전부 다 모르겠다. 하지만 이 중에서도 싫어하는 거랑 못하는 거는 아주 조금 많이 알고는 있지만. 그래서 그런가, 요즘에는 뭘 해도 의욕이 없고, 자신이 없고, '내가 잘 할 수 있을까' 하는 생각이 더 많이 들고. 공부하려고, 해야 할 게 있어서 책상에 앉아서도 멍하니 가만있는 시간이 더 늘어난 것 같다. 나도 내가 참...... 답답하다. 무언가 뻥 뚫어줄게 필요한데 무엇이 뚫어줄 수 있는지도 모르겠다. 내가 멍 때리고 있는 시간에 누구는 자신이 관심 있는 것을 더 찾아보고 있고 누구는 더 열심히 찾아보고 누구는 이미 정해서 관련된 공부를 하고 있고. 나는 아무 것도 모르고. 나만 뒤처지는 듯한 기분이 들었다. 그래서 꿈을 만들어 보았다.

첫 번째 꿈은 선생님. 다들 안정적이고 많이 힘들지도 않다고들 한다. 내가 보기에 그건 아닌 것 같지만. 선생님 중에서도 나는 역사 선생님이 하고 싶었다. 왜냐하면 내가 역사를 좋아하기 때문이다. 재밌으니까. 배우면 배울수록 내 머릿속에 옛날에 있었던 일들이 저장되는 게 너무 신기했고 나중에 내가 역사를 가르치게 되면 내가 살았고 직접 경험했던 일들이 책에 나올 수 있다고 생각하까 너무 재미있었다. 하지만 이것보다도 더 재밌을 것 같은 직업이 생겨버렸다.

두 번째 꿈은 일러스트레이터. 그림 그리는 걸 좋아하니까 이걸 직업으로 삼는 것도 괜찮을 것 같아서 골랐지만 주변 어른들이 미술은 나중에 돈 못 번다고. 미술 쪽으로는 가지 말라고 자꾸 그러서서 지금은 하고 싶은 마음만 꽁꽁 접어 저편에 숨겨뒀다. 아무도 내가 일러스트레이터라는 직업을 원하는지 모르게.

세 번째 꿈은 작가. 워낙에 책 읽고 쓰는 걸 좋아해서 괜찮겠다 싶어서 골랐다. 하지만 이번에 책 쓰기를 하면서 마감 시간이 정해져 있다는 게 굉장한 스트레스라는 것을 알았지만 하고 싶다. 사실 나는 평소에 누군가에게 말하듯이, 내 이야기가 아닌 듯이 꾸며서 혼자 중얼거리기는 하는데 내가 속으로만 생각하고 내가 혼자 중얼거렸던 그 이야기들을 쓰는 게 너무 재밌을 것 같기 때문이다.

하고 싶은 건 있지만 항상 걱정이 먼저 앞서서 시작하기도 전에 걱정 먼저 한다. 꿈이 없어서 그런가. 어릴 때 애들끼리 장난치면서 눈 감아봐 그게 네 앞날이야 하면서 노는 애들이 있었는데 그때는 에이 그 정도로 어두울까 하면서 대수롭지 않게 넘겼는데 이제는 그때 그 말이 맞는 것 같기도 하다. 내가 서 있는 이곳에서 앞을 바라보면 달빛, 햇빛 하나 없이 어두컴컴할 것 같아서 무섭기도 하다. 한 줄기 빛조차 들어오지 않아서 어둡고 어두우니까 어디로 갈지 모르고. 어디로 갈지, 어디로 가야 할지 모르니까 출발하지를 못하겠다. 출발하지를 못했으니 항상 뒤처지고 나랑 같은 출발선에 있던 애들은 다 저 앞에 서 있는데 그러다 가끔 그 애들이 뒤돌아보곤 다시 저 앞으로 가버릴 것만 같아서. 허겁지겁 쫓아가도 저 애들은 저 앞에 있으니까. 그냥 주  저앉을까 하다가도 막상 그러지는 못하겠기에 다시 쫓아가면 그 애들은 다시 저 앞으로 가있고. 모든 레일이 포장되어 달려가기 쉬운데 내가 서 있는 이 레일만 진흙이 가득하고 자갈이 가득해 달려가기가 어려워서. 나만 이런 게 아닌데도 이렇게밖에 생각하지 못하는 내가 정말 한심하고. 또 나만 뒤처지니까 나도 빨리 저기로 가야 한다는 압박감에 더 멍해지고 꿈을 찾으려고 혼자 난리 치고. 그러다가 잘하는 것도 없고 재능이 있는 것도 아닌데 뭘 하면 좋을까 고민하다 보면 다른 애들은 또 더 앞으로 가있고. 다른 애들의 길은 밝다 못해 눈이 부실 정도인데 나는 어둡다 못해 손전등 하나 없어서 앞으로 나아가지도 못하고 어디로든 가보려고 어두운 곳으로 나아가면 온갖 걱정들이 나를 둘러싸서 다시 원래 있던 곳으로 돌아가게 만든다. 원래 있던 곳으로 돌아가려니 나를 향한 시선들이 무서워서 뒤로도 앞으로도 못 가고 가만히 머물러있자니 또 걱정돼서 뭐라도 하자니 또 걱정이 밀려오고.

꿈이 없어서. 내가 뭘 해야 할지 모르니까. 어디로 가야 할지 몰라서 내 꿈을 찾지를 못하겠다. 그래서 엄마가 좋아하는 게 뭐냐고, 하고 싶은 게 뭐냐고, 선생님들이 하고 싶은 게 뭐냐고, 꿈이 뭐냐고 물어봐도 이렇게 대답할 수밖에 없다.

"음...... 꿈은 없고요. 하고 싶은 건 많은데 그게 뭔지 모르겠어요."

"꿈은 없는데 하고 싶은 건 많아요."

"그러니까 뭘 하고 싶은 건데??"

"저도 몰라요."

"모른다고?"

"네. 그냥 꿈은 없는 거고 나도 모르지만 하고 싶은 건 많은 거예요."

나도 고민 중이라고요. 찾고 있으니까 조금만 기다려 주세요. 내 일상은 이거 고민할 시간도 없이 바쁘게 돌아가고 있으니까. 아마 10년 후, 또는 20년 후 내 일상이 어떻게 바뀔지 모르니까. 어른들이 그러잖아요? '너희는 어리잖아.'라든지 '너희들은 어리니까 하하' 하시니까요.

아직 고작 열어섯 살이고 아직 버텨나가야 할 날은 많으니까. 꿈을 찾는 건 계속할 수 있으니까. 일단 먼저 내가 하고 싶은 일부터, 내가 좋아하는 것부터 더 찾아볼 거니까. 언젠가 누가 내 꿈을 물었을 때 당당하게 말할 수 있을 때까지.

진로는

엄나영_3학년

[제1화] 도망치다

13세 무렵에 아직 어린 나이임에도 불구하고 생각했다.

'내가 더 나이를 먹어서 진로를 정해야 할 나이가 된다면 어떻게 해야 될까?'라고 말이다. 그 이후에 시간이 흘러 난 중학생이 되었고 이제부터 슬슬 진로에 대해서 생각해 볼 시간이 된 것 같다.

'난 도대체 어떤 식으로 진로를 정해야 될까?'라는 난관에 부딪혔다. 난 내가 스스로 진로를 정하지 못하고 방황할 것이라고 생각이 되었다. 친구들이랑 얘기도 해보고 그중의 한 친구에게 물었다.

"넌 중3이 되면 어떻게 할 거야?"

친구는 답했다.

"음…난 말이야, 진로에 대해서 상담을 할 거야."라고 말하였고, 난 대수롭지 않게 넘겼다.

그렇지만 집에 와서도 그 이야기에 대해 생각을 하다가 잠에 들었다.

그렇게 해서 난 진로에 대해 곰곰이 생각하게 되었고 평소보다 고민이 늘고 생각이 많아졌다. 아직 중1이라는 나이에는 진로를 생각하지 않는 것이 대부분일 것이다. 난 부모님과도 진로를 상담해 보지 않았다. 아직은 그럴 나이가 아닌 것 같았고 나중에 생각해도 될 것이라고 생각했다.

다음날에도 이 생각에서 벗어나지 못했다. 점심시간, 친구와 즐겁게 인사를 나누던 도중에 또다시 친구에게 물었다.

"난 아직도 모르겠어."

나는 이렇게 말했다.

"뭘 모르겠는데?"

친구는 이렇게 되받아쳤다.

"아, 아니야."

난 이런 식으로 무마시켰다. 더 이상 이 이야기로 시간을 낭비하고 싶지가 않았다. 잠시 잊기로 하고 즐겁게 학교를 마쳤다.

혼자 집으로 걸어가던 도중에 난 또 다시 머릿속에 진로에 대한 고민이 떠올랐다. 터벅터벅 걸어가던 발걸음을 멈추고 벤치에 앉아서 생각했다.

'내가 진로에 대해 생각할 날이 오긴 할까?'라고 생각을 하고 아무 일 없다는 듯이 난 다시 진로 고민으로부터 도망쳤다.

[제2화] 생각해야 할 나이

시간이 흘렀다. 이제 진로를 확실히 정해야 할 것 같다고.

더 이상 고민을 저버리지 않기로 했다. 이제는 그럴 시간이 없는 것을 나는 알고 있기 때문에 더 이상 난 그러지 않기로 했다. 인생의 길을 내가 이제 열어야 하고 그 길을 따라 개척해야 한다는 생각이 내 머릿속을 스쳐 지나갔다. 그 순간 번뜩 떠올랐다. 중3이 된 지금 고등학교 진학을 앞두고 이런 식으로 무마시켜 버리기엔 나이가 내 마음과 생각을 따라 주지 않는다.

나는 진심으로 내 마음이 궁금하다. 진로를 정해야 하는데 생각이 떠오르지 않아서 나는 진로란 없는 줄 알았다.

하지만 지금 난 알게 되었다. 사람들은 진로란 열쇠를 쥐고 살아가며 그 열쇠는 나에게도 있다고, 난 진로를 정할 수 있고 그 미로를 풀어가고 다져갈 것이라고, 먼지 날리는 비포장도로가 아닌 반듯하고 곧은 포장도로가 되어 남은 인생을 살아갈 거라고 난 계속해서 진로를 떠올렸다.

'내가 할 수 있는 직업이 뭘까?'

이런 식으로 늘 생각하다 보면 답은 나온다.

그리고 지금 난 육군 장교를 꿈꾸고 있다. 진로를 정하고 난 뒤에는 마음이 편해졌다. 직업에 맞춰서 운동도 하고 체력단련도 하고 그에 맞는 공부를 하며 늘 꿈을 위해 노력 중이다.

이렇게 진로를 정하면 그 길은 열리기 마련이다.

늘 진로에 대해 생각하고 선생님께 상담을 하고 친구와 이야기를 나누다 보면 진로를 찾게 될 것이다.

한 번쯤 자다가도 생각해 보는 미래

김아영_2학년

가끔 가만히 누워 있다 보면 이리 사는 게 내 미래는 어떨까 싶기도 하다. 그럴 때 잠시 눈을 감고 내 미래를 생각해 보자. 10년 후 정도가 된다면 나는 어떻게 되었을까 아마도 10년 후면 대학을 졸업했겠지. 대학을 갈지도 모르겠다.

만약에 대학을 졸업했다면 그렇다면 나는 엄마와 여전히 투닥거리겠지.

"아이고, 이 자슥아. 대학을 졸업했으면 니 언니처럼 알바를 뛰든가 말이야. 아오 증말!!"

이라 하려나. 아니면

"나가 독립해. 니가 나이가 몇이야."

하려나.

분명 그렇다면 나는 내 형제의 집에 기생하여 살 것이다.

왜냐면 나는 돈을 벌고 싶지만 돈 버는 게 쉽지 않다는 걸 알고 있으니까.

음...

이리 생각하니 돈 버는 게 귀찮게 여겨진다. 그래도 지갑은 빵빵 했으면 좋겠는데.

그러면 이제 돈 좀 벌 20년 뒤를 생각해 보자.

20년 뒤에는 35세이다. 그러면 나도 중소기업이든 대기업이든 ─아니다, 대기업은 빼도록 하자─ 어느 회사에 취직하여 일을 하겠지. 아니면 사업을 할 수도! 하지만 사업은 어려워 보이니 포기하자. 취직으로 가자!

취직을 했다 하면 역시 상사에 대한 불만이지.

"아 이 사람이 진짜 상사면 다야?! 일은 내가 다 하구먼!!"

음… 아냐 이런 건 소설 속에서나 보는 뻔한 레퍼토리니까, 음 현실은 좀 더 다정할지도 모른다.

"아영씨 다음 보고서는 좀 더 정갈하게 적어주세요."

생각해 보니 별로다. 좀 더 나을 만한 게 없으려나 사업 쪽을 생각해 볼까? 아니면 한 번쯤 꿈꾸는 연애?! 음 나는 솔로가 좋다. 솔직히 사귈 사람이 없는 게 팩트다. 그래도 35세 정도가 되면 친구 집 말고 나만의 집에서 생활하고 싶다. 이왕이면 재택 근무. 놀면서 일할 수 있게!

무엇보다 미래라면 역시 내가 살아갈 세상 이야기지. 음 세상이라 해도 전 세계를 말할 정도로 스케일이 클 필요는 없지 않나. 그냥 원룸 정도 되는 자그마한 방에 내가 있고 친구 몇 명이나 가족들과 대화 몇 마디 정도로도 나만의 세상은 충분하다고 생각된다. 세상이란 그리 거창할 필요가 없다고 생각된다. 어디에 있든 무엇을 하든 내가 즐겁고 상대가 즐겁고 그저 평화롭고 자유로우면 사는 게 즐거운 거라 생각된다.

꿈이 뭐니?

이나은_1학년

2027년 1월 1일 날씨 : 눈

오늘은 내가 성인이 되는 날이다. 벌써 성인이라니... 오늘은 새해라서 휴가를 나왔다. 휴가를 나와서 친구들과 집에서 같이 술을 먹기로 했다. 나는 부대에 있었던 일들을 친구들과 함께 술과 안주를 먹으면서 이야기를 해 주었다. 그러고 같이 파자마 파티를 하였고 나는 얼마 뒤 부대에 다시 복귀하였다.

내가 하는 일은 비행기를 관제하는 일이다. 처음에는 언어가 너무 어려웠지만 연습하고 또 연습하니 이제는 식은 죽 먹기가 되었다. 처음에는 관제를 하고 싶은 마음은 없었다. 나는 관제보다 전투기를 고치는 것을 해보고 싶었는데.... 관제라는 것을 한번 배워 봤는데 나랑 은근 잘 맞는 것 같아서 관제를 하기 시작했다. 처음 관제를 배웠을 때 언어가 너무 어려웠고 외우기도 쉽지만은 않았다. 하지만 연습하고 선배님들께 모르는 문제를 질문하면서 실력이 쑥쑥 늘었다. 그리고 내가 아무리 생각해 봐도 지금 이 자리까지 오기가 너무너무 힘들었는데 지금 이 자리에 있으니 내가 공부했었던 것이 너무나도 자랑스럽다. 앞으로 제대하기까지 나의 일에 최선을 다하며 열심히 관제를 하겠다.

　오늘의 일기 끝. ^^

　나의 장래희망은 군인입니다. 처음부터 꿈이 군인이지는 않았습니다. 제가 처음으로 되고 싶었던 꿈은 패션 디자이너였습니다. 예쁜 옷들을 많이 만들 수 있다는 생각에 초1 때 꿈은 패션 디자이너였습니다. 하지만 패션 디자이너를 하려면 손재주가 있어야 할 것 같았는데 저는 손재주가 없어 패션 디자이너 꿈을 접었습니다. 그리고 쭉 꿈이 없었습니다. 그리고 2016년에 군인이라는 꿈이 생겼습니다. 이유는 그때 당시 '태양의 후예' 라는 드라마를 보고 꼭 군인이 되어야겠다는 생각이 들었습니다.

나의 멋진 꿈,
선생님이 된 최가은에게

최가은_1학년

안녕? 가은아.

넌 지금 멋진 선생님이 되었구나. 어릴 때 네가 꿈꾸던 선생님이 돼 있네. 축하한다고 말하고 싶어. 어렸을 때 너는 주변 사람들에게 "가은이는 선생님 하면 어울리겠다." "가은이가 선생님으로 딱 맞네." 같은 예쁜 말을 많이 들었지. 그리고 너도 선생님을 원했고. 그렇게 선생님이라는 꿈을 간직하며 어려운 시기도 많았지만 결국 선생님이라는 너의 어여쁜 꿈을 이루게 되었지.

난, 오늘 너에게 진심 어린 응원과 조언을 해 주고 싶어. 내 응원을 받고 힘내서 이 세상을 도우면 좋겠어.

일단 제일 하고 싶은 말은 "지금 하는 일이 힘들지는 않니?" "학생들은 말 잘 듣니?"야. 너 스스로가 힘들지 않았으면 좋겠어. 옛날에 엄마가 말씀하셨잖아. 힘들게 일하지는 말라고. 그러니 힘들게 일하지 마렴. 네가 힘내서 미소를 지어야 나도 힘내고 너도 힘내지.

　그리고 학생들이 말을 듣지 않을 때 타이르거나 혼내면 좋겠어. 계속 놔두면 네가 더 힘들어져. 일단 이 편지 받고 힘내길 바란다. 네가 힘내야 나도 힘내고 넌 내게 큰 의미니까.

　혼자 힘들다고 끙끙 대지 말고 내 편지 보며 힘내! 가은아 파이팅!

20년 후,
나의 특별한 하루

최서연_1학년

2040년 11월 13일

'띠링 띠링'

알람이 울린다. 오늘은 11월 13일. 내 생일이다. 오랜만에 생일을 맞아 중학교 때 친하게 지냈던 친구들이랑 놀러 가기로 했는데. 빨리 준비를 해야겠다. 세수하고 옷을 갖춰 입으며 여러 가지 잡생각들이 떠올랐다. 애들은 뭐 하면서 지내고 있었을까? 만나서는 무슨 얘기를 할까? 아무래도 다들 많이 변했겠지? 설마 못 알아보는 거 아니야? 등등. 자주 연락을 하긴 하지만 34살이 되고 다들 다른 곳에서 흩어져서 살다 보니까 잘 볼 수 없었던 것은 사실이다. 나는 오늘을 위해서 샀던 옷을 입고 밖으로 나갔다.

만나기로 했던 곳은 유명한 카페. 나는 카페 문을 열며 주위를 둘러보았다. 그런데 왼쪽에서 날 부르는 소리가 들렸다.

"서연아!!"

난 왼쪽을 보고 놀랄 수밖에 없었다.

"이게 다 뭐야?"

"뭐긴, 오늘 네 생일이잖아!"

나랑 친하게 지냈던 친구 3명이서 날 위해 깜짝 파티를 준비한 것이다. 진짜 이건 생각 못 했는데.

"어떡해…. 고마워, 다들."

"에이. 별거 아니야."

그 후로 우리는 친구들이 사준 케이크를 먹으며 그동안 나누지 못한 얘기를 나누기 시작했다.

"맞다! 서연아. 너 판사 됐다며!"

"아, 맞아."

"헐…. 꿈 이뤘네."

"그러는 너도. 일러스트레이터 하고 있다고 했잖아."

"하긴. 나도 그렇지."

"우리가 이렇게 만날 줄은 몰랐는데."

얘기의 중심엔 중학교 때 바랐던 꿈이 있었다. 성인이 되어 꿈을 이루고 학창 시절의 친구들과 이야기를 나누고 있으니 묘한 감정이 들었다. 이 감정은 무엇일까?

해가 질 때까지 친구들과 논 다음 버스를 타고 집에 가고 있었다. 쌩쌩 잘 가고 있는 버스의 맨 뒷좌석에 앉아 옆을 돌아보았다. 창문 밖에는 수많은 자동차의 건물, 그리고 사람들이 지나가고 있는 것처럼 보였다. 나는 하도 놀았더니 피곤해서 '10분 동안만'이라고 생각하며 잠시 눈을 붙였다. 또 다른 하루가 지나가고 있었다.

아이들
이야기

가족

어떠한 잘못을 해도 나를 이해하고,

나를 보살펴 주는 집단이 바로 '가족'이다.

누군가에게는 가슴 아픈 존재이기도 하면서

누군가에게는 이 세상의 전부인 가족.

특히 요즘에는 가족의 형태가 굉장히

다양하다. 예년보다 많아진 한부모 가정,

다문화 가정 등 다양한 가족의 형태 속에서

우리 아이들에게

가족은 어떤 의미를 가질까?

나에게
가족이란?

이나은_1학년

나에게 가족이란
휴식처 같은 공간이다.
힘들 때 쪼르르 달려가
이야기할 수 있는 나만의 휴식처

나에게 가족이란
아지트 같은 공간이다.
아늑하면서도 편안한 그곳

나에게 가족이란
생명 같은 존재다.
생명이 끊어지면 죽듯이

가족도 끊어지면 한순간
와르륵 무너질 수 있는 존재

그러므로 우리 모두
행복한 가족이 있을 때
하하 호호 즐겁고 재미있는
가족이 될 수 있도록 노력해요.

행복한
우리 가족

김희윤 _1학년

"넌 어떨 때가 제일 행복해?"

누군가가 나에게 이렇게 묻는다면 나는 이렇게 답할 것이다.

"가족들이랑 숙제랑 할 거 다하고 거실에서 맛있는거 먹으면서 텔레비전 보는거!"

사람들은 이게 별거 아니라고 생각하지만 나에게는 소확행 같은 것이다.

우리 가족이 이렇게 되기는 참 어렵다. 아빠께서는 회사 갔다 오셔서 힘드시고 엄마도 힘드시고 우리들은 숙제 하러 가야되고. 그래서 주말이나 금요일 저녁에만 가능하다. 나는 이렇게 가족들이 다 같이 모여 있는 것이 너무나도 행복하다. 친구들의 말을 들어보면 가족들이 우리처럼 행복하지 않다고 생각한다. 아 물론 다른 친구들도 행복한 가족이다. 하지만 나는 우리 가족이 제일 행복하다고 생각한다. 재미있는 부모님과 행복한 우리 세 자매. 이렇게 행복한 가족은 없을 것이다.

　우리 가족이 이렇게 행복한 이유는 언니 덕분인 것 같다. 우리 언니는 자폐인데 정말로 귀엽고 착하다. 그래서인지 나와 동생도 배려심 있고 착하게 자랐고 부모님께서도 재미있으시고 언니에게 잘해준다. 만약 언니가 아니었다면 이런 가족이 되지 못할 것이다. 나는 우리 가족이 너무나도 좋고 행복하다.

가족에게
짜증남, 미안함, 고마움

이채민 _1학년

#1 나는 가족에게 불만을 느낀다

하나의 비디오처럼 공부, 공부하는 가족에게 불만을 느낀다. 둘째인 나를 두고 언니, 동생과 차별하는 가족에게, 동생만 아끼는 가족에게, 항상 긍정적이라고 하는 가족에게 항상 불만을 느낀다. "나의 인생 내가 하고 싶은 대로 살고 싶은데 항상 공부하라고 하시는 부모님." 이해한다. 공부해야지 내 인생길이 열릴 테니까. 하지만 이건 내 인생인데, 한 번밖에 없는 내 인생인데, 억압을 받아 가면서까지, 공부할 필요가 있을까? "삼 남매 중 둘째인 나를 가운데 두고 언니, 동생과 차별하는 부모님." 이해한다. 세 명 중 한 명은 찬밥 신세 되는 거 예상했으니까. 하지만 내가 둘째로 태어나고 싶어서 태어난 것도 아닌데 이렇게까지 차별받을 필요가 있을까? "동생만 무진장 아끼는 부모님." 이해한다. 언니, 나, 동생. 3번에 걸쳐 나온 처음이자 마지막 남자아이니까. 하지만 남자라고 해서 특급 대우해 줄 필요는 없지 않나? 남자아이만 소중한 건 옛날 일인데 말이다. 치킨을 시키면 항상 닭다리는 아빠와 동생에게. 나는 남자가 최우선인 집안이 너무 싫다. 동생은 차별이 제일 싫다고 하지만 제일 우대권을 받는 애이다. 나는 동생이 너무 싫다. "항상 긍정적으로 살라는 부모님." 이해한다. 사람은 긍정적이어야 하니까. 하지만 이 말이 내 삶에 큰 영향을 미쳤다면 어떻게 생각할 건가? 이 말 하나 때문에 슬퍼도 울지도 못하고, 항상 웃는 가면 속에서 살았다. 힘들어도 힘든 티내면 긍정적이지 못하다고 나에 대한 기대를 확 저버릴 것 같기 때문이다. 이 말만 없었다면 내가 혼자 숨죽여 우는 일도 줄지 않았을까?

#2 나는 가족에게 미안함을 느낀다

나보다 힘들어하시는 부모님을 잊고, 나 혼자 아픈 척, 위로받고 싶은 척하는 내가 너무 싫고 부모님께 죄송하다. 힘들 때 혼자 끙끙거리는 가족에게, 우리를 먹여 살리겠다고 뼈 빠지게 일하시는 가족에게, 서로에게 피해 주지 않겠다는 가족에게 미안함을 느낀다. 우리 집은 특징이 있다.

아무도 힘든 내색을 내지 않는다. 동생 빼고. 가족이 힘들다고 털어놓으면 나도 털어놓을 수 있을 텐데. 자신의 감정을 표현하지 못하는 우리 집 환경에 나도 너무나도 미안하다. 얼마나 힘들었으면 엄마에게 편지를 쓰나, 얼마나 힘들었으면 술에 취해 애타게 엄마를 찾나, 얼마나 힘들었으면 엄마 이 두 글자에 움찔하나, 얼마나 힘들었으면…

#3 나는 가족에게 고마움을 느낀다

사춘기 시절에 들어선 나에게 힘든 내색 하나 없이 맞춰주는 가족에게, 고마움을 느낀다. 나를 위해서, 우릴 위해서 열심히 노력해주시는 가족에게 고마움을 느낀다. 있어야 할 한 자리가 비워진 뒤로, 그 자리를 메꾸려는 가족에게 고마움을 느낀다. 우리 엄마는 9년 전, 7월 7일에 돌아가셨다. 5살이었던 나에게 너무나도 필요했던 엄마의 자리는 텅텅 비어있었다. 그 자리를 할머니, 할아버지께서 메꿔주신 것이다. 이런 우리를 포기하지 않고 벌써 10년이나 키워주신 가족에게 너무나도 큰 고마움을 느낀다.

사람들은 긍정적인 방법만 찾고 있다. 하지만 윗글을 참고하다시피 갈등이 있었으면 갈등의 끝도 있는 법이다. 익숙한 예가 실이다. 꼬인 실을 하나하나 풀다 보면 어느샌가 끝이 나 있을 것이다. 사람들의 마음도 그렇듯 언젠가는 끝이 있을 것이다. 부정적이라도 마음의 문을 조금씩 열면 그 누구보다도 긍정적인 사람이 되어 있을 것이다. 나도, 내 가족도 그랬으면 좋겠다.

"오래 숨길 수 없는 세 가지가 있다. 해와 달 그리고 진실."

물이랑
기름 같아요

—
우리 엄마랑 아빠랑 동생은요

전수빈_3학년

물과 기름. 서로 섞이지 않는다. 큰 제목이 물과 기름이다. 왜냐하면 우리 가족은 물 끼리 잘 섞이듯이 잘 어울리다가도 기름과 물처럼 잘 섞이지 않을 때도 있기 때문이다.

 우리 가족은 나에게는 소중한 존재이다. 싸우기도 하고 삐지기도 하고 화도 내지만 나에게는 소중한 존재이다. 하지만 부모님과 싸울 때는 힘들었다. 물론 나와 싸우시는 엄마와 아빠도 힘들었겠지만 말이다. 싸우는 그 상황에서는 내 중심으로만 생각하게 되어서 더 화를 냈었다. 내가 화를 내도 될 상황이 아닌데도. 부모님과 나의 의견 차이, 가지고 있는 능력과 이해력도 다르고 서로 생각하는 것이 다르다 보니까 내가 무언가를 말했을 때, 부모님이 무언가를 말했을 때 서로 받아들이는 방법도 다르다. 예를 들어, 내가 '할 말 없어.' 라고 말했을 때, 나는 '지금은 별로 말하고 싶은 기분이 아니니까 다른 날 다시 얘기하면 안 될까.'라는 의미로 말을 한 것인데 부모님 입장에서는 다른 의미로 받아들여지는 것이다. 마찬가지로 부모님이 말하시는 것도 부모님은 그런 의미로 말씀하신 게 아닐지라도 나에게는 다른 의미로 받아들여질 수 있다. 그래서 그런지 한마디 한마디를 더 아프게 내뱉고 더 아프게 받아들이게 된다. 어떤 날에는 상처가 되지 않을 말들이 또 어떤 날에서는 굉장히 상처받는 말이 되고. 또 어떤 날에서는 기분 좋을 말들이 어떤 날에서는 기분이 좋지 않게 들릴지도 모르고 하루를 시작하는 기분에 따라서 달라지는 것 같다. 서로 조심하면 될 텐데. 내가 더 조심하면 되지 않을까. 라는 생각을 수도 없이 하지만 뜻대로 되지는 않는다. 이렇게 서로 아프고, 상처받고, 화내고, 쓸데없는 감정 소비로 시간을 보내도 어느새 다시 원래대로 돌아와 있다. 돌아올 수 있는 이유는 엄마가 먼저 다가오기 때문이다. 우리 엄마는 싸웠을 때 대부분 먼저 다가와 주신다. 내가 먼저 못 다가간다는 것을 아시기 때문일까? 흐음...... 그건 아닐지도 모르겠다. 하지만 아빠와 싸웠을 때는 늘 내가 먼저 사과했고. 아 참고로 내가 원해서 하는 사과는 아니었다. 늘 엄마가 먼저 사과하라고 하셔서 어쩔 수 없이 하는 사과였다. 하지만 생각해 보면 나도 찔리기는 했다. 내가 아빠 성격을 닮았는지 싸웠으면 뭐라 말을 못한다. 왜인지는 모르겠지만 말이다. 그리고 또 왠지는 모르지만 나는 누군가와 어색함을 못 참는다. 뭐라도 해야지. 그래서 사과를 하는 거지. 동생과 싸웠을 때는 그냥 무시할 때가 더 많다. 왜냐하면 무시를 해야지 덜 화가 나기 때문이다. 근데 무시하면 되게 신경 쓰였다. 옆에서 자꾸 서성거리고, 충분히 할 수 있는 걸 물어보고, 얘기도 하고 조금 이상하기도 하지만 계속 그러다 보면 조금 귀엽기도 하다. 이건 아주 가끔. 진짜 진짜 정말로 가끔. 하지만 그러다가도 다시 친해지고 다시 싸운다. (나만 이렇게 생각할지도 모르겠다.) 진짜 현실 남매. 내 친구들 중에 남동생 있었으면 좋겠다고 하는 애들이 있는데, 나는 꼭 "○○아...... 상상의 남동생은 상상으로만 둬야 해... 현실의 남동생은 그렇게 환상적이지 않단다......" 하고 말한다.

아니, 나이 차이가 한 일곱, 여덟 살 차이 나는 게 아니면 동생이 나를 만만하게 생각하기도 한다. 진짜 화나는 일이다. 얼마나 만만했으면 놀리고 화도 내고 소리도 지르고 그럴까, 싶을 정도로 말이죠. 반대로 오빠나 언니가 있는 애들도 현실은 그렇지 않다고 말하더라고요. 이렇게, 울 때도 있고, 말싸움해서 며칠간 얘기도 안하고, 화도 냈고, 짜증도 내고. 이래도 다시 대화하고, 웃기도 하고, 소리도 안 지르고. 다시 친해지는 게 가족이 아닐까 싶다.

이렇게 싸운 날도 있었지만 재미있고 고맙고 즐거운 날도 많았다. 가족들과 가는 여행, 할머니, 할아버지를 모시고 가는 여행, 여름 휴가철이 되면 날짜를 잡아서 할머니, 할아버지, 이모들, 이모부들, 이종사촌들 모두 모두 모여서 놀러 갈 때, 동생 몰래 아빠랑 둘이 맛있는 것 먹고 둘이서 비밀 만들었을 때, 동생 빼고 엄마랑 둘이 놀러 다닐 때, 내가 학원 책을 집에 두고 왔을 때 동생이 가져다준 일, 내가 뭐 먹고 싶다고 하면 만들어 주실 때, 이종사촌이 우리 집에 와서 동생과 시끄럽게 할 때도 짜증은 나지만 귀엽게 느껴질 때, 이종사촌이 태어났을 때, 가끔 이모네 집에 모여서 맛있는 것 먹고 재미나게 놀 때, 시험 끝나고 집에서 영화도 보고, 주말엔 티브이와 컴퓨터 앞에 모여 영화와 드라마를 몰아 보고, 내방을 청소해주시는 요정님이 나타났을 때, 매일매일 들어서 지겨워진 잔소리도 좋을 때, 맛있는 것 나누어 주면 좋아하는 동생들, 내가 학교와학원 갔다 와서 오늘 무슨 일이 있었는지 말해주면 귀 기울여 들어주시고, 동생이 하는 말도 들어보고, 동생이 나에게 무언가 얘기할 때, 뭐 부탁하면 들어줄 때, 무슨 얘기만 해도 재미있다고 웃을 때, 마주 보고 앉아서 대화할 때, 부엌에서 신문지 깔고 고기 구워먹을 때, 맛있는 거 만들어서 먹을 때, 가족끼리 여행 갈 때, 신기하고 웃긴 거 있으면 나에게 얘기해줄 때. 이것 외에도 좋은 일은 많다. 하지만 다 적다 보면 내 손목이 집 나갈 것 같기 때문에 줄이도록 해야겠다.

좋은 일도 많았지만 좋지 않은 일들도 많았다. 하지만 그때마다 잘 이겨냈으니 괜찮다. (흐음...... 잘 이겨낸 게 맞나...... 싶기도 하지만 말이다.) 앞으로도 이런 일 저런 일 들이 많이 생길 것이다. 하지만 좋은 일만 있을 수는 없다. 이 중에서는 좋은 일 도 나쁜 일도 있겠지만 좋은 일이면 쟁여두고, 나쁜 일이면 훌훌 털어버리면 된다. 그게 잘 안될 수도 있지만. 가끔은 다른 가족들이 부럽......기......크흠......아 이거 비밀인데......

그래도 우리 가족이 최고다. :)

내가 바라는 우리 가족

최가은_1학년

　나에게는 항상 마주치고, 항상 같이 밥을 먹고, 나에게 사랑을 가르쳐 주는 사람이 있다. 그들은 우리 가족이다. 나는 매일 매일 가족의 품 안에서 살며 가족에게서 따스한 사랑을 맛 본다. 그리고 그들은 내 기쁜 일도 함께 기뻐해 주고 슬픈 일도 위로해 준다. 그러나 가끔은 가족과 갈등이 생긴다. 내가 우리 가족과 갈등이 생기거나 우리 가족끼리 싸움이 생길 때 나는 움츠러들고 슬퍼진다. 그러므로 내가 가족을 더욱 사랑하는 듯하다. 오늘은 내가 우리 가족과 함께했던 일 중에 제일 기뻤던 추억과 슬펐던 추억을 꺼내 보려 한다. 먼저 내 기억에 남는 기쁜 추억은 우리 가족과 외가 친척들이 외할아버지 팔순 기념으로 여행을 갔을 때이다. 나는 초등학교 5학년이었는데 그때 처음 베트남을 가려고 비행기를 타 보았고 처음으로 해외에 나가 보았다. 그리고 설날 때 간 터라 많은 사람이 있었다는 것도 말할 수 있겠다. 나는 나의 사촌 형제자매들과 친하게 지내는 편인데 그때 사촌들과 같이 여러 다양한 체험을 많이 해 보고 재밌게 놀았다. 특히 베트남 다낭에 있는 놀이 공원(바나힐)에서 놀았던 기억이 생생하다. 그때는 사촌들과 놀이 기구도 탔었고 외가 친척들과 사진도 찍었다. 그리고 맛있는 점심, 저녁까지 먹었으며 아주 긴 케이블카를 타고 처음으로 귀가 아팠다.

또 물놀이를 하며 신나게 놀기도 하였다. 지금 보니 그때가 그립다. 이제는 가족으로 인해 슬펐던 기억은 딱히 없지만 그래도 이야기해 보겠다. 내가 가족으로 인해 슬펐던 때는 부모님이 싸우셨을 때이다. 우리 부모님은 많이 싸우시진 않지만, 부모님이 싸우실 때 내가 싸운 것 마냥 힘들어진다. 내 마음에 큰 돌덩어리가 막혀 있는 것처럼 힘들다. 비록, 이처럼 힘든 순간도 있으나 난 날마다 우리 가족을 사랑한다. 그리고 항상 감사의 마음을 느낀다. 내가 바라는 우리 가족은 서로 사랑하고 아끼며 존중하고 자신의 잘못을 한 번 더 뉘우치고 돌아보는 가족이 됐으면 하고 바란다. 앞으로도 나는 가족들과 더 좋은 추억을 많이 남기고 싶고 가족에게 많은 것을 배워 가고 싶다. 사랑해요. 우리 가족!

단 하나뿐인 가족

–
가족 여행

최서연_1학년

2018년 8월 3일 (금)

　내가 초등학교 5학년이었을 때의 이야기다. 우리 가족은 여수로 가기로 했다. 2016년에 간 일본 여행 이후로 정말 오랜만에 가는 가족 여행이었다. 오빠는 고등학생이고 엄마, 아빠 두 분 다 맞벌이라 그동안 갈 상황이 만들어지지 않았었다. 2년 만의 가족 여행인 만큼 난 정말 기대가 많았다. 토요일에 가기 위해 우리는 꼼꼼히 짐을 정리하였다. 나도 내가 입을 옷, 칫솔, 보조 배터리 등등 여러 가지 물건을 챙겼다. 바로 내일 아침이 밝으면 여수로 갈 것이다.

2018년 8월 4일 (토)

　나는 아침 일찍 일어나 세수와 샤워를 하고 마음에 든 옷을 입으며 준비를 마쳤다. 아빠는 우리가 가져갈 짐을 차에 옮기고 계셨고 엄마는 다 마치고 거울 앞에서 뭘 바르고 있었다. (솔직히 뭘 바르고 있었는지는 모르겠다.) 우리는 차에 올라 여수로 가면서 많은 얘기를 주고받았다. 그중에는 여수에 관한 얘기들도 많이 들어있었다.

여수에 도착하였다. 우리가 간 곳은 경도오토캠핑장. 직접 텐트를 칠 필요 없이 침대와 주방이 다 있었다. 바로 앞에는 바다가 있었고 우리는 그곳을 구경하고 2박 3일 동안 쓸 곳을 익혀두며 가족들만의 시간을 보냈다. 여수의 첫날은 그렇게 평범하게 흘러갔다.

2018년 8월 5일 (일)

우리는 부스스한 머리로 아침을 맞이했다. 아침은 간단하게 토스트를 먹었다. 카라반(우리 가족이 쓰고 있는 곳)에는 TV도 달려 있어서 잠깐 채널을 둘러보다가 집에서 가져온 보드게임을 꺼냈다. 나와 오빠는 보드게임을 하며 놀았다. 그리고 시간이 조금 지나고 카라반에서 나가 아름다운 바다를 보았다. 정말 아름다웠다. 지금 보면 그 모습을 왜 사진으로 기념하지 않았을까? 라는 생각이 든다. 저녁이 되어서 우리는 바비큐를 해 먹었다. 숯불로 만들어 불맛이 살아있는 게 진짜 맛있었다. 밤이 되면 크루즈를 탈 것이라서 그런지 더 열심히 먹었던 것 같다.

우리는 바비큐를 다 먹고 차로 이동해 크루즈를 탔다. 바다에서 여수의 모습을 보여주고 소개하는(?) 크루즈였다. 그 안에는 사람들이 엄청나게 많았다. 나는 과자를 먹으며 크루즈가 움직이는 걸 구경하였다. 그렇게 구경하고 우리는 크루즈 밖으로도 나갔다. 바람이 아주 셌다. 곧 끝나갈 무렵이 되니 크루즈에선 '여수 밤바다' 노래가 흘러나왔다. 우리는 그 노래를 따라 불렀다. 그리고 옆을 보니 다들 그 노래를 부르고 있었다. 크루즈에서 여수 밤바다 떼창을 하는 모습이 별것도 아닌데 굉장히 뭉클했다. 그 장면은 나의 잊지 못할 추억이 될 것 같다.

2018년 8월 6일 (월)

여수의 마지막 날이다. 솔직히 마지막 날이라고 하기엔 애매하지만 말이다. 난 아침에 컵라면을 먹었다. 왜 아침에 컵라면을 먹냐고 할 수도 있겠지만 먹을 게 컵라면밖에 없었다. 고기 같은 건 어젯밤에 다 먹었으니까. 10시가 지나고는 그동안 풀어 두었던 짐들을 정리하기 시작했다. 가져갈 건 가져가고 버릴 건 버리고. 11시가 되고 우리는 짐을 차에 넣었다. 이제 갈 시간이 되었다. 나는 아쉬움을 남겨두고 차에 탔다. 나는 집에 갈 동안 차에서 기절한 듯이 잠만 잤다. 집에 도착하자 나는 잠에서 깨어나 내 방으로 향했다. 나는 불 꺼진 집을 보자 알 수 없는 공허함을 느꼈다. 어제만 해도 그렇게나 시끌벅적했는데 집으로 돌아오니까 왜 이리 조용하게 느껴지는지. 나는 그 감정을 버리고 짐을 풀기 시작했다.

가족과
함께라면

김아영_2학년

가족이랑 살다보면 원하든 원하지 않던 싸우게 된다. 가족과의 싸움으로 괴로웠던 적 힘들었던 적도 있다. 반면 즐겁고 행복한 일도 있겠지. 한번 떠올려보자.

괴롭거나 힘들었던 적이 있었는가?

나는 언니나 오빠에게 성적으로 비교 당할 때 괴롭거나 힘들었다. 내가 노력을 했든 안했든 보이는 건 결과뿐이고 과정은 보이지 않으니까. 그럼에도 부모님의 기대를 충족시켜 주지 못해 미안하기도 했다. 중학교는 쉬우니까 할 건 해야 되니까. 라며 늘 성적이 낮아지지만 않길 바라던 부모님에게 사소한 거라도 공부 한 문제 더 풀려는 노력조차 안 하고 다음에는 제대로 한다며 넘어가던 그 순간이 지금 생각해 보면 후회스럽다. 그리고 부모님이 울거나 다투셨을 때도 그렇다. 굳이 나와 관련된 게 아니어도 부모님이 우시거나 다투신 모습을 보면 괜스레 나도 슬퍼지고 이 순간이 지나가길 바라며 괴로워진다. 나의 일이 아니어도 내 부모님이 슬프면 나도 슬프고 힘드시면 나도 힘들다. 하지만 그만큼 기쁜 일도 있다.

언제 한번 성적이 오르기라도 하면 우리 부모님은 기쁜 듯 웃어주신다. 그 한번이 슬픈 순간이든 화난 순간이든 우리 부모님을 기쁘게 해주는 그 순간이 나에게는 행복한 시간이다. 부모님이 슬프면 나도 슬프듯 행복하게 웃어 주신다면 나도 좋다. 그렇지만 가장 행복한 일은 사소한 일상 속에서도 일어난다. 내가 농담을 언니랑 주고받으면 엄마는 재밌게 웃으신다. 그 순간이 성적보다도 더 행복한 때이다. 행복은 성적순이 아니란 걸 몸소 증명한 순간이니까 언니랑 장난을 많이 친다. 그러면 우리 부모님이 웃고 언니도 웃고 나도 예영이도 오빠도 모두가 웃으니까 그 순간이 내 인생에서 가장 행복한 순간이다.

그리고 당연히 가족과 추억을 쌓는 것도 행복하다. 가족들과 간 여행 중 가장 즐거운 시간은 해외여행을 갔을 때다.

코로나가 터지기 전 떠났던 첫 해외여행. 그곳 전통 옷도 입고 수영도 하고 음식도 맛보고 가장 기억에 남던 즐거운 여행이었다. 비행기도 처음 타봤고 외국도 처음 가봐서 모든 게 처음이었지만, 가족과 함께였다는 그 생각이 해외여행하는 동안 따뜻하고 더 마음을 즐겁게 해주었다.

이성
(외모)

사춘기 학생들에게 '이성'은 설렘의 존재이다.

TV의 아이돌에게 열광하고, 버스 정류장 속

멋진 고등학생 오빠에게 반한다.

그런 아이들을 보며 때론 귀엽기도 하고

또 혹시나 잘못된 길로 빠지면 안 되는데 하며

걱정하는 엄마들도 계신다.

책 가방 속에 책과 함께 들어 있는

화장품 파우치. 예쁘게 화장한 내 얼굴에

만족하는 청소년들의 이성과 외모에 관한

이야기를 들어보자.

나에 대해서

김아영_2학년

나의 장점은 키가 크다는 것이다. 키가 크니 주변에서 부러워하기도 하고 운동하는 데 좀 더 이득이다. 운동 중에는 눈에 띄기도 하지만 키가 크니 할 수 있는 운동이 더 많다. 그리고 놀이 기구 탈 때도 제한이 없어서 좋다. 원하는 걸 탈 수가 있기 때문에 키가 크다는 게 싫지 않다.

그리고 나는 내 눈이 좋다. 주변에서는 눈이 작다고 하지만 난 밝게 보이는 내 눈이 좋다. 맑게 비춰지는 게 내 이름의 뜻과도 같아서 너무 좋다. 또한 내 긴 손톱이 내 손을 더 이쁘게 보이게 해서 좋다. 어릴 때부터 손이 예쁘다고 칭찬을 많이 들어서 긴 내 손톱이 예쁘게 보인다. 마지막으로는 작은 얼굴이라 칭찬 듣는 게 좋다. 소두라고 말해줄 때는 그냥 막연히 기분이 좋다. 기분이 좋아서 소두라 칭찬해주는 게 좋다.

그리고 우리 가족의 닮은 점은 성격이 강하다는 것이다. 밀리는 게 없고 주장이 강하고 타협을 잘한다는 게 닮아 있다. 밀리지 않고 자기 주장을 똑

바로 말하니 주변에서도 많이 의지하고 있다. 또 우리 가족은 의지가 된다. 슬프든 즐겁든 같이 공감해주고 기대게 해줘서 아주 든든하다.

그리고 우리 가족은 눈이 예쁘다. 쌍꺼풀이 있고 눈이 커서 눈을 마주보면 아주 이쁘게 보인다. 비록 나랑 예영이는 쌍꺼풀이 없지만 그래도 예쁘게 보여서 좋다. 또 우리 가족은 공평하게 나눠 주는 걸 중요하게 생각한다.

가족 수가 6명이나 되다 보니 아무래도 공평하고 신중하게 물건을 산다. 특히 나랑 예영이는 쌍둥이라 공평하지 않으면 많이 투닥거리기도 한다. 그래서 집을 보면 물건이 2개씩 있기도 한다. 물론 2개씩 사다보면 한 명일 때보다 비용이 더 들지만 그래도 싸우지 않게 해주는 우리 가족이 고마웠다. 마지막으로 우리 가족은 여행을 좋아한다. 여행은 보통 다들 좋아하지만 우리 가족은 휴일이 있으면 자주 나가는 편이다. 옛날에는 바다나 산을 많이 갔으나 많이 간 만큼 지루해지기도 해서 요즘은 다른 지역으로 나가기도 한다. 코로나19로 인해 요즘은 방콕해야 돼서 자주 못 나가기는 하다. 그래도 여행을 하면 그 순간만큼은 모두가 웃고 즐거워해서 난 여행을 아주 좋아하게 되었다. 모두가 즐거워해서, 모두가 웃어서 너무 좋다.

나의
이상형은?

나의 이상형은 톨 앤 리치

이나은_1학년

오늘은 나의 이상형에 대해서 이야기해 보려고 해요. 먼저 나의 이상형은 바로바로 (두구두구두구두구두구두구두구)... 제가 좋아하는 남자 배우님들 이랍니당. ㅎㅎㅎ 그 중에서도 2명을 고르자고 한다면 1위는 김수현 배우님 2위는 우도환 배우님이십니다. 일단 이렇게 2명의 배우님을 뽑은 이유는 딱 각이 나오쥬?? 진짜 저만 생각 할지는 모르겠는데 김수현 배우님과 우도환 배우님은 진짜 전생에 나라를 구하셨을지도 몰라요... 이렇게 잘생기셨는데 당연히 전생에서는 나라를 구하셨을 거예요...

여기까지 저의 얼굴 이상형이었습니다. 이제부터 저의 모든 이상형을 말 씀드리도록 할게요. 먼저 저는 마음보다는 얼굴, 페이스가 중요하다고 생각 해요.... 저만 그런가요...??? 물론 마음도 중요하지만 그래도 저는 마음보 다는 얼굴을 더 중요하게 생각합니다. 다음은 전 당연히 리치리치한 사람이 면 좋겠어요... 다들 리치가 뭔지는 아시죠? 모르는 분들도 계실 수 있으니깐 알려드리도록 할게요. 리치는 바로 부자를 뜻합니다. 그니깐 저는 부자에다가 잘생긴 얼굴 그리고 완벽한 비율에다가 성격은 완전 츤데렐라 같은 성격이었으면 좋겠어요.

하지만 다들 이 글을 읽으시면 '저 사람 드라마를 너무 많이 봤네.'라고 생각 하실 거죠? 그럴 수 있어요. 그럼요. 그럴 수 있죠.

근데 저는 진짜 톨앤리치한 사람과 연애를 하고 싶어요. 진짜 저는 연애만 하고 결혼은 하고 싶지 않아요. 저는 비혼주의니까요. 솔직히 저는 결혼해서 시간을 보내는 것보다는 차라리 결혼하지 않는 생활을 하면서 앞으로 죽을 때까지 저를 위해 살고 싶어요. 하지만 언젠가는 결혼하고 싶다는 날도 오겠죠...?

이상으로 저의 이상형을 말씀드렸습니다. 끝까지 읽어 주셔서 감사해요.

서럽, 억울,
허무(하)네요

이채민_1학년

아빠, 내 얼굴은 왜 이럴까요?

아빠, 나는 왜 코가 낮아요? 우리 5명 중에 내 코가 제일 낮은 것 같아요. 엄마, 아빠 유전자 타고 나왔는데 나만 왜 이럴까요? 내가, "아빠, 내 코는 왜 이렇게 낮아요?" 하고 물을 때마다 아빠는 "내가 코 잡아먹었다. 미안하다."라고 하시잖아요? 그때 조금의 위로가 됐어요. 하지만 외모에 신경 쓸 나이가 되니, 낮은 코가 더 낮아 보여요. 참 안타까운 일이지만 저는 이 코로 계속 살아가야 해요. 어릴 때 했던 수술 이후로 수술은 못 하겠어요. 제가 안 한다고 한 거니까 아빠 탓은 절대 안 할게요. 코는 뭐, 그냥 넘어가죠. 근데 눈은요? 무쌍도 아닌 속쌍이에요. 이왕이면 쌍꺼풀이 있었으면 좋았을 텐데 말이에요.

그리고 속눈썹. 속눈썹은 하루에 3번 이상 제 눈을 찔러요. 순간 짜증나서 속눈썹, 다 잘라버릴 뻔했어요. 이렇게 자주 찔리는데 속눈썹이 긴 것도 아니에요. 정말 짜증나요. 하루에 몇 번씩이나 속눈썹 때문에 눈을 비비는데, 비벼도, 비벼도 간지러워요. 저는 '혹시 내가 속눈썹이 기나?'라고 생각해봤어요. 하지만 그것도 절대, 결코 아니더라고요. 길기는 개뿔. 얼굴에 있는 솜털 두 개 붙여 놓은 줄 알았어요. 너무너무 짧더라고요. 사람들은 스트레스를 받으면 머리카락이 빠지는데, 혹시 저는 속눈썹이 빠지는 게 아닌가 하는 바보 같은 생각도 했어요. 이 짧디 짧은 속눈썹에 지다니. 눈을 찌를 거면 좀 길던가. 길지도 않은 속눈썹 때문에 너무 허무하고 억울하네요.

참 감사하게도 유전자를 하나 물려받았어요. 머리카락이에요. 머리숱이요. 숱이 참 적네요. 거기다가 모발도 얇고. 자고 일어나면 흰색 베개가 검은색이 되어 있어요. 이제 빠질 머리도 없어요. 여자의 생명인 머리카락만은 지켜주셨어야죠. 동생은 머리숱이 엄청 많은데 할머니, 엄마, 언니, 나만(여자들만) 왜 남들의 1/3인가요. 참 서럽네요. 이 생각하다가 머리 더 빠지겠네요.

그래도 뭐 입은 나름 괜찮아요. 하지만 만족은 절대 아니에요. 입이 예뻐서 괜찮다는 게 아니고, 우리 부모님의 유전자를 입에 받은 거 같아 좋아서 그러는 거예요. 좋은 유전자, 하나라도 받은 게 어디예요. 하지만 입이 항상 ㅅ(시옷) 입이에요. 입 꼬리가 밑으로 내려가 있어요. 겨우 받은 유전자도 예쁘지가 않네요. 요즘은 밖에서 마스크 때문에 마스크 안에서 씨익 웃는 연습을 하고 있는데, 마스크를 벗고 이런 짓을 하면 이상한 사람 취급받아요. 입술도 아랫입술이 되게 얇아요. 전체적으로 다 얇네요. 근데 왜 얼굴은 안 얇을까요? 서럽네요. 다 반대로 되어 있네요.

예의를 제일 중요시하는 사람이 부모님께 이런 행동 보여드려서 사죄하고요, 부모님께서 소중히 주신 얼굴인데 이렇게 마음대로 평가해서 또 사죄드립니다. 사람은 얼굴보다 마음이 예쁜 게 더 좋은 거니까 얼굴, 그까짓 거 상관없어요. 그렇다고 해서 마음이 예쁘지도 않아요. 얼굴은 이미 코 때문에 망한 거, 어쩔 수 없으니 마음이라도 예뻐져 봅시다. 다시 한 번 저에게, 이런 얼굴을 주신 부모님께 감사드립니다. 얼굴은 못생겼지만 마음이 예쁜 사람이 될게요. 사랑합니다!

소중한
나의 몸

김희윤_1학년

나는 통통한 편이다. 마른 것도 아니고 정말 뚱뚱한 것도 아닌 통통한 나의 몸. 나의 몸에 대해서 사람들은 내게 말한다. "너 정말 키 크다!" "난 키 작은데 부럽다." 등 키에 대해서 많은 이야기를 한다. 그리고 나의 몸에 대해서는 이렇게 말한다. "넌 키가 크잖아." "키 크니깐 괜찮아." 이 말을 하는 사람들은 나에게 키가 크다고 칭찬을 하는 건지 모르겠지만 나는 이 말을 정말 불쾌해한다. 이 뜻은 키가 크니깐 넌 통통해도 괜찮아라고 생각한다. 뭐, 이건 내가 듣지만 않으면 일어나지 않을 일이다.

하지만 또 다른 경우도 있다. 내 주위에 친구들은 모두가 다 마르고 날씬하다. 그 사이에 끼여 있는 나는 더 비교가 될 것이다. 비교가 된다고 생각을 안 하면 되지만 친구들과 길을 걷다 보면 거울이 보인다. 거울을 볼 때마다 나의 다리가 너무나도 굵어 보이고 못생겨져 보인다. 나도 이런 것이 싫어서 짧은 바지를 싫어한다.

　　이런 여러 가지 일 때문에 나는 가끔 스트레스를 받는다. 나도 당연히 다이어트를 시도해 보았다. 하지만 그게 마음대로 되는 일이 아니다. 이 세상에 맛있는 것은 많고 내가 좋아하는 음식도 많다. 뭐 이건 핑계고. 그래도 난 이 글을 쓰면서 다시 한 번 도전해 보려고 한다. 이딴 핑계는 집어치우고 제대로 노력을 해보고 싶다.

자신의 외모를
긍정적으로 생각해

최서연_1학년

    사춘기에 접어들면서 학생들은 자신의 외모에 대해 관심이 커진다. 내가 보고 들은 것들을 바탕으로 적은 이 글이 외모로 스트레스를 받고 있는 학생들에게 조금이라도 위로가 되었으면 한다.

    때는 초등학교 6학년 체육대회 날, 나는 평소와 다름없이 아침 8시에 학교에 도착했다. 그런데 여자애들 모두 교실 옆에 있는 거울에 바글바글 모여 있었다. 나는 '무슨 일인가?' 하고 그쪽으로 다가갔다.

    "너희 뭐해?"

    "우리 이거 타투 스티커 붙이고 있었어. 너도 할래?"

    "아, 아니. 난 괜찮아."

    타투 스티커라는 것을 얼굴이나 팔목에 붙이고 있었다. 그 외에도 틴트를 바르는 애들, 파츠(?)를 얼굴에 붙이는 애들, 머리를 예쁘게 꾸미는 애들 등등 다양한 여자애들이 자신을 예쁘게 꾸미고 있었다. 나는 놀랄 수밖에 없었다. 나는 꾸미는 것은커녕 색조 화장 한 번 안 해본 몸이었기 때문이다. 그때 내가 꾸미는 것에 대해 깨달은 날이었다.(그렇다고 다음부터 꾸미고 다니진 않았지만….)

위로와는 거리가 먼 얘기였지만 '외모' 하니 생각이 나서 한 번 써 보았다.

아무튼 내가 하고 싶은 말은 가까이에 당신의 이야기를 들어줄 만한 사람들이 있다는 거다. 스트레스를 받으면 나의 속마음을 이야기해 보는 건 어떨까? 또 그렇다고 한 사람에게 매일 하소연하진 마시고. 그 사람이 너의 감정 쓰레기통은 아니니까.

아니면 '긍정적으로 생각해 보자.' 사소하더라도 내가 만약 키가 작다면 림보 게임을 더 잘할 수 있고 쌍꺼풀이 없다면 매력적으로 보일 수 있고 코가 작다면 코감기에 덜 걸릴 수 있다. 이렇게 긍정적으로 생각해 보자. 너무 스트레스를 받으면 괜찮던 것도 안 괜찮아 보일 수 있다.

사람은 얼굴보다 마음이 중요하다. 마음이 예쁘면 주변에 사람들이 모이고 당신에게 호감을 가진다. 외모가 많은 부분을 차지하기 하지만 인생의 전체를 차지하진 않는다. 세상에 완벽한 사람은 없다. 우리 모두 아름다운 사람이다.

이 정도면
나쁘지는 않지...?

전수빈_3학년

"엄마아아아아!!! 나 왜 이렇게 생겼지?"

"네가 뭐 어떤데?"

글을 쓰려다가 엄마한테 물어봤다. 나 왜 이렇게 생겼냐고. 그랬더니 네가 뭐 어떠냐고 하였다. 그 말을 들으니까 괜히 기분이 좋아져서 혼자 실실 웃다가 내 장점이 뭐고 단점이 뭔지 생각해 보았다. 이런 거 생각할 때면 장점은 잘 모르겠고 단점만 생각나는 건 기분 탓일까. 누구는 피부가 좋다고 하고 또 누구는 눈이 예쁘다고 하고 또 누구는 코가 오똑해서 예쁘다고 하고 누구는 글씨를 잘 쓴다고 하고 또 누구는 그림을 잘 그린다고 한다. 하지만 나는 나에게 딱히 장점이 없는건 아닐까 하고 생각한다. 외모에 대한 장점이라고 들은 것들을 나열해 보자면...... 일단! 엄마를 닮아서 피부가 좋다. 예를 들자면 뭐가 잘 나지 않고 잘 타지 않는 것? 그리고 아빠 코를 닮아서 코가 오똑하다고 하고, 아빠 눈썹을 닮아서 눈썹이 진하다고 한다. 그 외에는 딱히 없는 것 같은데…… 요새는 마스크를 쓰고 다녀서 얼굴 아래쪽은 보이지도 않으니까. 그래도 우리 가족끼리 닮은 부분은 많다. 일단. 우리 엄마는 쌍꺼풀에 피부는 좋고 눈썹이 조금 연한 편이며 코는 동그랗게 내려온다. 아빠는 완전 겉쌍꺼풀에 피부도 좋은 편인 것 같고 코가 오뚝하다. 나는 엄마와 아빠를 반반씩 닮은 것 같다. 피부랑 입술은 엄마, 코랑 눈썹은 아빠. 눈은…… 엄청 안쪽 속쌍꺼풀인 엄마 눈과 완전 겉쌍꺼풀인 아빠 눈을 반반씩 섞어 놓아서 작지도 크지도 않은 애매한 눈. 얼굴형은 잘 모르겠다. 동생은 엄청 안쪽 속쌍꺼풀 치고는 눈이 큰 편이고 아빠를 닮았는지 입술은 도톰하고 코는 엄마를 닮았는지 동그랗게 내려오는데 아빠도 닮았는지 살짝 오뚝한 듯한 느낌도 든다. 눈썹은 진한 것도 연한 것도 아닌 그냥 그런 듯하다. 막 그렇게 거울 보다가 '우와아아아아아아…… 대박 완전 예쁘게 생겼다.'는 아니다. 진짜 이건 아니다. 근데 뭐 굳이 내가 나보고 못생겼다고 생각하면서 나를 못생기게 만들 필요는 없으니까 그냥 두기로 했다.

　세상에는 예쁜 사람들이 많다. 예쁘다는 것은 내 기준에서 예쁘다는 것이다. 누구에게나 취향이라는 게 있기 때문에 누군가가

　"야, ○○○ 너무 예쁘지 않아?"

　혹은

　"야, ○○○ 너무 잘 생기지 않았냐?"

　라고 물었을 때 그 사람이 예쁘거나 잘생겼다고 생각하지 않을지도 모른다. 왜냐. '예쁘다, 별로 안 예쁘다, 잘생겼다, 별론데'의 기준이 다 다르기 때문이다. 마찬가지로 내 얼굴도 내 기준으로 못생겼다, 예쁘다고 판단하는 것이다. 내가 내 얼굴이 예쁘다고 생각하면 나는 예쁜 것이고 내가 내 얼굴이 못생겼다고 생각하면 못생긴 것이다. 누가 그러더라? 못생겼다, 못생겼

다 하면 진짜로 못생겨진다고. 반대로 예쁘다, 예쁘다 하면 진짜로 예뻐진다고. 그렇다고 해서 '내가 예뻐!!' 하면서 자만하지는 말고.

 세상에 있는 한 사람 한 사람에게는 그 사람만의 매력이 있다. (외모에서 보는 매력 말고 다른 것들도 말이다.) 내 기준에서 내가 나를 못생겼다고 판단해 버리면 자꾸자꾸 저기 가는 저 사람이 나와 다르게 예쁜 사람이라고 생각하게 된다. 무조건 내 기준으로만 생각해서는 안 되지만 내 눈으로 내가 보는 것은 내 기준으로 볼 수 있는 것이다. 그러니까 그냥 얼굴에 아니지, 머릿속에 철판 한번 깔고 나는 예쁘다! 라고 생각하면 그냥 나는 예쁜 게 되는 것이다. 어차피 세상을 내 기준으로 안 보려고 해도 내 기준으로 보게 되는 걸. 내가 예쁘다고 생각하면서 살면 정신 건강에도 좋고 기분도 좋고 자존감도 조금이나마 높아지고 얼마나 좋아. 그러니까 내가 하고 싶은 말은요.

 예쁘다는 거예요. 못생긴 게 아니라는 거죠. 제발 진짜 자신이 못생겼다고 생각하지 않으려고 노력을 해보세요. ((소곤소곤)) 못생겼다고 생각했다가 진짜로 못생겨지지 않게 예쁘다고 생각해요. 어차피 내 머릿속은 누가 못 훔쳐보고 엿볼 수도 없으니까. 생각은 자유잖아요? 그냥 나는 예쁜 거예요. 아 그리고 예쁘다고 다 해결되는 것도 아니니까. 좀 안 예쁘면 어때, 다른 거 잘 하면 되죠. 그래도 나는 예쁘니까.

엄마, 나랑 많이 닮았네!

최가은_1학년

자식은 부모님을 닮는다는 말과 같이 나는 우리 엄마와 많이 닮았다. 물론 아빠와 동생의 여러 부분도 많이 닮긴 했으나 난, 엄마와 많이 닮은 것 같다. 내가 엄마와 많이 닮았다는 것을 처음으로 생각하게 된 계기는 아마도 초등학생 3학년 때였던 것 같다. 2016년 한 여름날에 교회에서 율동 연습을 하고 친한 오빠랑 놀고 맛있는 음식을 먹고 있을 때, 오빠가 "가은이는 엄마와 많이 닮았네!"라고 말을 해 주었다. 그래서 그때부터 내가 엄마와 어느 부분이 닮았는지 생각하는 계기가 되었다.

먼저, 나는 엄마와 닮은 내 신체 부분 중 머리카락을 자랑하고 싶다. 가끔 몇몇 친구들이나 사람들이 "머릿결 좋네!"라는 말을 많이 해 준다. 이 머릿결은 바로 우리 엄마의 머릿결이 좋아 나에게도 유전된 머릿결인데 가끔씩 친구, 사람들과 이야기를 하며 자랑할 게 없을 때마다 "난 우리 엄마 닮아 머릿결이 좋다."라며 자랑한다.

심지어 내 머릿결 때문에 5학년 때 외모에 관심이 많은 같은 반 아이들이 부러워하기도 했다.

그러나 장점이 있으면 단점도 있는 것 같이 나는 우리 엄마의 체형을 닮아서 날씬하지 않고 뚱뚱하다. 내가 비록 음식을 잘 먹긴 하지만 음식을 우리보다 더 많이 먹는데도 살이 찌지 않는 아빠를 보면 가끔 부러운 생각이 들곤 한다. 그래도 나는 엄마가 나를 건강하게 태어나게 해 주셔서 감사하다.

내가 엄마와 많이 닮았기도 하였으나 자세히 보면 엄마와 닮지 않은 부분도 많다. 특히 치아를 소개하고 싶다. 우리 엄마는 이가 예쁘지 않다. 그러나 나는 아빠를 닮아 이가 예쁘다. 나는 아빠와 닮은 점이 잘 없는데 이를 닮았다는 점은 정말 좋은 점인 것 같다. 왜냐하면 우리 엄마는 내가 환하게 이를 보이며 웃는 모습이 예쁘다고 하신다. 난 이가 엄마와 닮지 않은 점은 좋다고 생각한다.

난, 내가 엄마를 닮았다는 점이 매우 감사하다.

사춘기

"아 짜증나!" "왜" "아, 몰라 됐어!"

사춘기 자녀가 있는 가정에서 흔히 있는

대화이다. 방문을 쾅닫고 들어가는 아이를 보며

변한 아이의 모습에 놀라기도 하면서 또

한편으로는 분노하기도 한다.

왜 말을 하지 않고 모른다고만 할까?

그러나 아이들은 정말 모른다.

왜 자신이 화가 나고 왜 자신이 짜증이 나는지

모른다. 그래서 중학생이고, 그래서 사춘기다.

여태 말하지 못했던 사춘기 소년의 속마음

이야기를 들어보자.

나의 사춘기
사용설명서

최가은_1학년

   우리는 살아가면서 '사춘기'라는 어른이 되어 가는 시기를 경험한다. 거의 모든 사람은 사춘기를 경험해 보았을 것이다. 비록, 나는 아직 사춘기가 오지는 않았으나 사춘기 청소년들을 어떻게 대하면 좋을지 많은 분께 알려 드리고 싶다. 모든 사람마다 사춘기 때의 느끼는 심리는 다를 수 있겠지만 내 기준으로 우리 부모님께서 나를 어떻게 대해 주시면 좋을지 이야기해 보려 한다.

   먼저, 나는 내가 잘못을 했을 때, 우리 부모님이 나를 타일러 주시고 내 잘못을 반성할 수 있도록 도와주시면 좋겠다.

   사춘기 때 자녀가 미운 짓을 했어도 사랑으로 감싸주고 올바른 길로 이끌어 주시는 부모님이면 자녀가 빨리 잘못을 반성하고 이해할 것 같다. 물론 사춘기 때에는 '질풍노도'의 시기라고 많이 부르나 사춘기 시절도 하나의 추억이고 성장이므로 사랑으로 감싸 주시면 좋겠다.

둘째로는, 자녀와 함께 할 수 있는 시간을 많이 만들어 주면 좋겠다.

사춘기 때는 가족보다 친구가 내 마음을 더 알아주어 좋을 때도 있기 때문에 친구와도 우정을 나눌 수 있도록 해주고 가족과도 추억을 쌓으며 행복하게 사춘기를 보낼 수 있으면 좋겠다. 그렇게 한다면, 자녀와도 더욱 친해질 수 있고 사춘기 때의 여행으로 인해 가족 모두가 행복을 느낄 수 있을 것 같다.

마지막으로는, 매일 자녀에게 좋은 말을 해 주면 좋을 것 같다.

나는 부모님께서 내게 '힘내', '오늘도 파이팅', '수고했어' 등 이런 말들을 해 주시는 것을 매우 좋아한다. 이 말을 들으면 매우 힘이 나고 기분이 좋아진다.

그러므로 우리 부모님이나 곧 사춘기가 올 예정이거나 사춘기를 겪고 있는 자녀를 둔 부모님이 계신다면 사랑으로 좋은 말을 해 주시면 좋겠다.

물론, 사춘기를 겪고 있는 자녀와 자녀의 부모님은 힘들겠지만 사춘기는 또 하나의 추억이고 성장 과정이므로 서로가 이해하고 배려하며 사춘기를 겪어가 보면 좋겠다.

무엇보다도 나는 사춘기 때 사랑을 표현하고 서로에 대한 애정을 보여주면 좋겠다고 생각한다. 나도 곧 사춘기가 다가올 것이지만 우리 부모님께서 나를 사랑으로 대해 주시면 좋겠다.

사춘기, 이것만 알자

김아영_2학년

1장 절대 커서 뭐가 될거냐 묻지 마라!

"커서 뭐가 되려고 이러냐?"는 질문은 그저 반항심만 키운다. 사춘기 때는 가리는 게 없어진다. 부모님의 말 한마디도 의심스럽고 반항심이 든다. 커서 뭐가 되려고 이러냐는 말은 그저 사춘기 자식들의 심기를 자극할 뿐이다. 절대 하지 말 것.

2장 너는 화장 안 해도 예뻐

나중에 크면 다 하는 게 화장이다. 그리고 할 때 되면 외모의 기준을 알게 된다. 꾸안꾸 화장보다 나의 개성을 드러내고 뽐내고 싶어 하는 시기에 '안 꾸며도 이쁘다.'란 말은 '나의 화장 실력을 물로 보나.' 밖에 안 된다. 그러니 안 해도 예쁘다는 말보다 연하게 하라는 말을 하자!

3장 어린게 뭘 안다고

사춘기 시절에는 사회생활을 배우기 시작한다. 어리다고 무시하다가는 큰 코 다치는 시기이다. 그리고 옛날 일제 강점기에도 사춘기 아이들이 시위도 할 정도로 많은 걸 알아가고 옳고 그름을 따지게 되는 시기이다. 그러니 어리다고 무시하지 말자!

4장 학생은 학생다운 게 좋아

"내 패션이 어때서?!" "폼 좀 나면 안 돼?" 당연히 학생이라면 공부를 하고 학생답게 행동해야 될 수도 있다. 하지만 꿈을 갖고 미래를 보는 시기에 ~다운 걸 강조하는 것보단 미래를 보고 아이들의 꿈과 어울리는 일을 해 주는게 좋다.

5장 성적을 따지지 마라!

가장 삐뚤어지는 순간이 성적을 보고 따질 때다. "이게 성적이야?" "공부 좀 해." 이것 또한 아이들의 반항심을 유발하는 것이다. "아니 뭐 내 머리가 그 정도 인가 보지." 이 생각이 자주 들게 할 뿐이니 차라리 문제를 더 쉽게 풀 거나 찍는 힘을 길러주자.

6장 비교하기

무엇이든 어떤 것이든 비교는 해선 안 된다. 비교는 사춘기가 아니어도 충분히 기분 나쁘지만 사춘기처럼 감정이 예민해지는 순간에는 상처가 배로 온다. 비교하면 비교한 사람과 비교 대상 둘 다에게 성질을 낼 수 있으니 이건 금기 사항임을 명심해야 된다.

자녀의 심리치료사 되는 법
(12~20세용)

이채민_1학년

   자신의 자녀가 열 살이 넘었으면 이 책을 보세요. 열 살이 넘었다면 시작되는 이것. 사춘기. 사춘기란 오고 싶지 않아도 누구에게나 오는 것 중 하나인데요. 저는 이 사춘기를 골칫거리라고 소개해 드리고 싶네요. 이 골칫거리는요, 그 사람의 처지를 생각하지 않고 자신의 의무만 수행하는 악독하고 이기적인 애예요. 제 일화를 예시로 들어볼게요.

   저는 언니와 동생이 있어요. 제가 언니는 좋아하는데 동생은 그다지 좋아하지 않아요. 이유는 골칫거리, 이 녀석 때문이에요. 동생의 잘못도 조금은 있지만요. 맨날 제가 방에서 나와 거실에서 티브이를 보며 쉬려고 하면, 조용히 있던 동생이 노래를 크게 불러요. 온라인 수업 때문에 힘든데 거기다가, 시끄러운 동생의 목소리라니. 참 불안 불안한 상황이 주어졌어요. 옛날에는 같이 따라 부르거나 동영상을 찾아 노래 반주를 틀어줬었어요. 하지만 지금은 그때와 달랐죠. 바로 시끄럽다고 짜증을 냈어요. 그런데 이번에는 엄청 작게 노래를 부르는 거예요. 남한테 피해 가지 않을 정도로요. 하지만 사춘기 때문에 별것이 다 예민했던 저는, 동생한테 모진 말을 해버렸어요. "입꿰매버리기 전에 입 닫아." 사춘기 저 나쁜 자식 때문에 순진했던 동생한테 욕이나 가르치고 앉았어요. 그 뒤로 동생은 예의라는 게 사라졌어요. 그리고 이기적인 사람이 되었죠. 저는 예의가 없는 사람과 이기적인 사람이 제일 싫어서 동생이 싫어진 거예요. 사춘기야, 화목한 삼 남매 돌려내.

또 있어요. 이건 2일 전에 있던 일이에요. 아침 8시 전까지 해야 하는 자가 진단 때문에 새벽 6시에 일어나 자가 진단을 하고 다시 잤죠. 근데 8시 반쯤에 방문이 벌컥 열리는 거예요. 그리곤 할머니께서 말씀하셨어요. "아빠 화났다. 빨리 일어나서 수업 들어라." 저는 어리둥절했죠. 아직 수업이 시작되려면 약 30분이나 남았기 때문이에요. 그래도 저는 일어나 수업이 올라오기를 기다렸죠. 그러자 한 수업이 올라왔어요. 그 수업은 프린터기로 과제를 뽑아야 하는 상황이었어요. 프린터기는 삼 남매 중 언니의 방에만 있어서 언니의 방으로 갔어요. 저는 그때가 지뢰 밟은 순간이었어요. 가자마자 언니한테 욕을 먹고 그 뒤로 할머니께서 들어오셔서 언니랑 저 때문에 동생의 핸드폰이 압수됐다고 하셨어요. 그리곤 저와 언니를 무시하셨죠. 할머니께서 나가시고, 언니는 저한테 화풀이했어요. "나 왜 안 깨웠냐. 깨우라고 했잖아. 아 꼴 보기 싫어. 나가, 나가라고!!" 저는 제가 잘못한 줄 알고 동생과 언니에게 사과했어요. 근데 상황을 듣고 나니 이상한 거예요. 언니는 저에게 깨우라는 소리를 한 적이 없고, 동생의 핸드폰이 압수된 건 전화를 한 번도 안 받고 게임만 해서예요. 그리고 동생은 비싼 120만 원짜리 피시방 컴퓨터가 있는데 그까짓 핸드폰 압수됐다고 소리란 소리는 다 지르고 자기가 억울하다는 듯 행동했어요. 그때 화가 폭발할 뻔했지만, 다행히 참았어요. 다시 생각해 봐도 억울하네요.

그리고 마지막으로 하나 더 있어요. 이건 좀 잔인할 수도 있어요. 제가 제 옛 사진이 준비물인 숙제를 하려고 했어요. 옛 사진은 동생 컴퓨터에만 있어서 동생 컴퓨터로 사진을 뽑고 있는데 동생이 "나 컴퓨터 할 거야 나와." 이러는 거예요. 저는 빨리 뽑고 가려고 하는데 동생이랑 그 옆에 있던 언니가 싸움이 붙은 거예요. 결국 싸우다 서로 무시하고 끝나는 줄 알았는데 동생이 도를 넘는 말을 하더라고요. "아, 채민이 누나 머리 깨버리고 싶다. 화나지? 때려봐 어차피 못 때리면서 장애냐?" 이렇게요. 우리 둘은 그대로 무시하고 동생 방에서 나왔어요. 지금 생각하면 열두 살 동생이 무섭네요. 그리고 동생과의 사이도 더 멀어졌네요.

이 일화들이 사춘기와 무슨 상관이냐. 사람들과의 관계를 끊는다는 거예요. 이 모든 게 사춘기 때문은 아니지만 예민했던 이유는 80%가 사춘기잖아요. 사춘기는 이렇게, 친했던 사람과의 연도 끊어버리는 아주 사악한 악마 녀석이에요. 사춘기 때문에 착한 천사였다가 사악한 악마가 되기도 해요. 두 개의 자아가 있는 셈이죠. 이 사악한 악마 녀석과 자주 안 만나는 방법! 지금 이 5가지 방법들만 잘 지키면 잘 물리칠 수 있을 거예요.

[ONE] 잠을 자거나 공부를 하고 있을 때 마음대로 방에 출입하지 않기
먼저 이게 제일 기본적이에요. 사춘기든 아니든 자고 있는데 마음대로 들

어와 부스럭거린다면 짜증날 거예요. 늦게까지 공부하고 자려는데 들어오면 더 짜증이 날 거고요. 이런 사소한 걸로 자녀와 싸우는 일이 없도록 합시다. 사춘기일 때는 별것이 다 서운하잖아요. 서로 마음에 상처 주지 맙시다.

[TWO] 노크 없이 들어오지 않기

이 행동은 절대로 해서는 안 돼요. 특히 요즘 같은 때, 화상 통화로 수업을 한다면 더욱더 안 되겠죠. 만약 일기를 쓰고 있는데 문을 확 열어버리거나, 친구와 전화를 하고 있는데 갑자기 들어온다면 참 곤란할 거예요. 내 방, 내 공간인데 누가 들어올까 눈치 볼 수도 있잖아요. 제가 그래요. 제 방문이 안 잠기거든요. 제일 최악의 상황은 화상통화를 하고 있는데 할머니께서 갑자기 청소기를 돌리시려는 것이었어요. 또 제가 춤추는 것을 좋아하는데 노래를 틀고 춤을 추고 있으면 방문이 확 열려요. 그리고 음악을 후다닥 끄죠. 추고 싶은 춤 하나도 제대로 못 추다니. 자신의 방인데 언제까지 눈치 봐야 합니까. 서로 간의 프라이버시는 지켜줍시다.

[THREE] 먼저 권유하기

사춘기를 생각하면 반항아, 일진, 노는 애 등등을 생각할 수 있는데요. 하지만 이런 종류는 극소수의 사람들입니다. 또 다른 소수의 사람은 눈치를 많이 보고 자신의 의사를 잘 전달하지 못합니다. 이것도 저의 일화인데요. 언니가 저에게는, 가지고 싶은 물건을 주야장천 말하다가 할머니께는 입도 열지 못합니다. 용기가 없어진 거겠죠. 그래서 맨날 제가 판을 깔아줍니다. "우와 저 신발 예쁘다. 어? 저거 언니가 좋아하는 옷 아니야? 사고 싶다며." 이렇게요. 하지만 제가 맨날 이럴 순 없잖아요. 언니의 용기도 필요하겠지만 부모님께서 먼저 알아채 주거나, 뭐 사고 싶은 거 없냐고 물어보신다면 자신의 의사를 더 확실하게 표현할 수 있지 않을까요?

[FOUR] 되도록 뭐든지 허락해 주기

이것만 잘하면 자녀의 기분은 많이 좋아질 거예요. 사소한 것은 되도록 들어주는 게 좋아요. 예를 들면, "오늘 저녁에는 김치찌개 먹고 싶어."라고 했으면 상냥하게 해주겠다고 하세요. 자녀의 입 꼬리가 하늘을 찌를 것입니다. 조커가 되겠죠. 이게 안 되면 3번처럼 될 가능성이 큽니다. 계속 안 된다고만 하면 '이번에도 안 된다고 하겠지. 알아서 접자.'라고 생각하게 돼요. 이번에 저도 다른 학교로 가게 된 베프와 놀러 가고 싶은데 못 말하겠네요. 학교도 다르고 학원도 못 가서 얼굴 안 본 지 여덟 달은 됐는데 말이에요. 부모님, 4번이 되어 주세요. 하지만 너무 부담스러운 부탁은 사절, 아시죠? "나 친구 집에서 자고 올게. 오늘 (비싼 음식) @@ 먹자. 나 저거 사줘(무조건 돈 낭비가 될 것)." 등등이요. 그렇다고 해서 딱 잘라 말씀하시면 안 돼요.

[FIVE] 먼저 감정 표현해 주기

이 말은 이해하실 수 있으실 것 같아요. 사춘기에 들어선 자녀는 사랑한다, 고맙다 등 감정 표현을 잘 못 해요. 쑥스럽거든요. 하지만 먼저 해준다면. 먼저 다가와 준다면 자녀가 감정 표현을 하는데 한결 편안해지지 않을까요? 지금 이 시기에서 자녀는, 자신이 사랑받고 있음을 알고 싶어 할 거예요. 얼굴 보면 웃어주고, 현관에서 나갈 때 잘 갔다 오라고 해주고, 갔다 왔을 때 고생했다고 말해 준다면 자신이 사랑받고 있음을 느끼고 행복함을 느낄 거예요. 이 큰 행복함이면 그따위 사춘기를 날려버릴 수 있어요. 그렇게 어렵지는 않을 거예요.

이 5가지 방법으로 사춘기를 소멸할 수 있어요. 솔직하게 말하면, 사춘기를 없애지는 못하겠지만 사춘기라는 존재를 잊을 수는 있어요. 너무 부담 가지실 필요는 없어요. 위 방법을 요약하면, 자녀를 이해하고 존중하고 또 한편으로는 따끔하게 혼내라는 말이었어요. 어려운 게 아닌 뻔한 거였죠. 아기 때의 자녀를 키우셨던 마음으로 키우시면 될 것 같아요. 지금 가장 힘든 건 자녀일 거예요. 심적으로 몹시 아프겠죠. 많이 다독거려주고 아껴준다면 말끔히 나을 거예요. 사춘기에 묶여 있는 자녀를 구출하고 꼭 화목하고 행복한 가정을 꾸리세요!

중학교 3년이 조용하게 지나가려면?

—
사춘기 중학생 사용설명서

전수빈_3학년

아무리 좋은 노래라도 4절까지 들으면 질리기 마련이죠. 뭐 2절까지는 들어줄 수는 있습니다. 하지만 3절이 넘어가면 지겨워요. 한마디로 재미도 없고 짜증도 나죠. 부모님의 잔소리도 마찬가지입니다. 아무리 좋은 말이고 나를 위하는 말이라고 해도 계속 들으면 짜증이 나죠. 짜증이 나면 당연히 화를 낼 수밖에 없고 그러면 부모님과 말싸움을 하게 되는 것이죠. 말싸움을 줄이려면 어떻게 해야 할까요? 지금부터 싸우지 않기 위해, 서로 상처받지 않기 위해, 본인 피셜 조금 많이 이상한 중3의 굉장히 주관적인 사춘기 중학생 사용설명서 시작하겠습니다.

1. 우리의 언어에는 속뜻이 담겨 있어요

우리가 엄마에게 하는 말에는 숨어있는 속뜻이 있습니다. 예를 들자면 "엄마아!! 나 너무 힘들다구……"라든지 "공부 진짜로 재미없어." 등등 여러 가지가 있지만, 이중 하나를 예를 들어, 힘들다고 얘기할 때. 이때의 숨어있는 속뜻은 무엇일까요? 바로 '엄마, 나 공부하는 거 너무 힘든데 조금만 도와주면 안 될까…' 그리고 '엄마, 나한테 잘하고 있다는 말 좀 해주면 좋을 것 같은데…'라는 뜻이 들어가 있습니다. 하지만 이때 부모님들은 단지 걱정되는 마음에 공부를 하지 않으면 나중에 어떻게 되는지에 대해서 진지하게 말씀하기 시작하십니다. 말씀하시는 대부분은 우리도 이미 알고 있는 내용들이죠. 우리는 그런 것들에 대해 말해달라고 우리가 얘기한 게 아닌데 말이죠. 그러면 우리는 알고 있는 내용이니까, 저번에도 들었던 내용이니까 지겨워서 짜증을 냅니다. 부모님이 하시는 말이 맞는 말임에도 불구하고 말이죠. 그러면 말싸움이 시작되죠. 여기까지 읽으신 부모님들은 이상하게 생각하실지도 모릅니다. 예를 들자면 '아니… 그러면 처음부터 한마디만 해달라고 얘기하면 되는 거 아냐?'라고요. 에이… 그렇겐 못하죠. 왜냐고요? 조금 그렇거든요. 왜인지는 몰라요. 그냥 그래요. 그냥 우리가 그렇게 말하면 왜 해야 하는지 뭐가 잘못된 건지 얘기하는 것보다는 고민도 들어주고 격려를 해주는 게 어떨까요?

2. 나는 내가 제일 잘 알아요

부모님이 아는 우리의 모습은 우리 일상의 일부입니다. 우리가 학교를 가고, 학원을 갈 때 매번 같이 가서 우리를 지켜보는 게 아니잖아요. 그리고 부모님은 우리가 아닙니다. 우리가 아니니까 우리가 우리의 다른 일상에서 어떻게 하는지는 부모님이 잘 모르시는 게 맞아요. 그래서 무슨 말을 할 때 모두 안다고 생각하지 않으셨으면 좋겠습니다. 왜냐하면 우리에 대해서는 우리, 나 자신이 가장 잘 알고 있습니다. 그러니까 무슨 말을 할 때 모든 걸

다 알고 있다고 생각하고 말하는 것보다는 알아가려고 노력해 보는 게 어떨까요? 마찬가지로 우리도 부모님에 대해 모든 것을 다 아는 게 아니니까 조심해야겠지만요.

3. 방문을 열고 들어올 때는 노크를 하고 들어와 주세요

만약에 내(부모님이) 뭘 하고 있는데 딸이 문을 벌컥 열고 들어오면 기분이 어떠신가요? 저라면 기분이 나쁠 것 같네요. 부모님께도 사생활이 있듯이 우리도 사생활이 있답니다.:) 어떨 때는 아무 생각도 없다가 또 어떨 때가 되니까 되게 기분이 나쁘더라고요. 뭔가 감시받는 느낌? 감시라기보다는 중간 중간 체크 받는 느낌이 듭니다. 제가 워낙에 잘 놀라서 그럴지도 모르지만, 저는 그때마다 깜짝깜짝 놀랍니다. 부모님은 그런 의도로 문을 여신게 아닐 테지만 말이죠. "**아, 엄마 (혹은 아빠) 들어간다."라고 말할 것까지야 없지만 노크를 하고 3초 정도 텀을 두고 들어오면 덜 놀라고, 나의 사생활도 존중받고 있다는 생각이 들지 않을까요?

4. 명령조로 얘기하지 말아 주세요

'~해라'라는 말. 예를 들자면...... "그만해" "이제 할 거 해야지" "저것 좀 치워라" 등등 있습니다. 명령조로 하는 말을 들으면 하려던 마음이 있다가도 갑자기 사라져 버리는 마법이 일어납니다. 누가 마법을 부렸는지 알 수도 없죠. 원래 있었는지 없었는지조차 알 수 없게 사라져 버리죠. 이때 저는

"하려고 했어!!"

라고 하죠. 그럼 엄마는

"안 하니까 그러지..."

라고 하십니다. 이것도 말싸움이라면 말싸움이겠죠. 이 같은 말싸움이 덜 일어나려면 명령조보다는 "~했어?" "~안 했으면 하는 게 좋을 것 같은데?"라는 말을 사용하는 게 더 좋을 것 같습니다. 말 속에 뼈가 있더라도 "~해라."보다는 기분이 덜 상하기 때문이죠. 아예 명령조로 말을 하지 말라는 게 아니에요. 그냥 명령조의 말을 평소보다는 줄이자는 말이죠. 명령조보다는 기분이 덜 나쁘게 부드럽게 얘기를 해주시면 좋겠어요.

5. 휴대폰에 대해서는 뭐라고 하지 않았으면 좋겠어요

알아서 잘 조절하거든요. 그리고 휴대폰이 없으면 대부분의 학교 알림들이 부모님의 e알림으로 오기는 하지만, 우리 휴대폰으로 오기도 하거든요. 그리고 우리가 학교에서 무언가를 신청했을 때 부모님께 문자가 가는 경우도 있지만 학생 편으로 문자가 오는 일도 있기 때문입니다. 그리고 또 담임 선생님의 알림과 교과 선생님들이 실장에게 공지로 올리라고 하시는 것, 가끔은 수행평가 관련 자료들이, 중간, 기말고사가 끝나고 과목별 답지 등 여러 가지 자료들이 올라오기 때문이죠. 그리고 또 친구들과의 소통. 전화나 문자, 카카오톡 단톡방, 페이스북 메시지 등을 이용하여 소통하는데 휴대폰이 없다? 불편하죠. 친구들끼리 수행평가에 대해 물어볼 때도 있고, 시험에 대해서 물어볼 때도 있고, 약속 잡아서 놀러 갈 때도 있는데 말이죠. 그리고 학교에서 생각보다 휴대폰을 많이 사용합니다. 수행평가를 하거나 과제 제출, 수업 시간 내에서 활동을 할 때. 가져오지 않거나 없는 친구에게는 선생님의 휴대폰이나 학급 컴퓨터를 사용하게 해주기도 하지만 개인 휴대폰이 사용하기 가장 편하죠. 쓰다가 꺼져서 잠겨도 비밀번호나 지문 등을 내가 알고 있으니까요. 그리고 마지막. 친구들과 놀아도, 집에서 뒹굴뒹굴 해도, 좋아하는 음악을 들어도, 아무리 스트레스를 풀어 보아도 스트레스를 다 풀지 못할 때, 가장 필요하죠. 근데 솔직히 말하자면 스트레스를 받았을 때 스트레스를 풀 수 있는 시간도 얼마 없습니다. (아마 대부분의 학생들이 말이죠. 놀 수 있는 시간이 별로 없잖아요.) 휴대폰 사용에 대해서 부모님들이 뭐라고 하시는데 알아서 잘 조절할 수 있습니다. 그냥 조금만 아주 조금만 믿어주시면 안 될까요? 아, 그리고 너무 심하다 싶으면 '쓰지 마'보다는 뭘 안했으니까 뭐부터 하는 게 좋을 것 같다는 말을 해주세요.

6. 제발 1절만 해 주세요

제일 처음에 말했듯이 아무리 좋은 노래라도 4절까지 들으면 질립니다. 똑같이 아무리 좋은 말이라도 4절까지 들으면 질리고 짜증나고 지겹습니다. 부모님이 하시는 말들은 부모님의 경험을 바탕으로 하시는 좋은 말들입니다. 하지만 이것들 중 대부분은 우리가 이미 들어 보았던 말들이죠. n절까지 듣고 있다가 귀에서 피나요. 그리고 듣다 보면 정신이 반쯤 나가버려서 한 귀로 듣고 한 귀로 흘러버리거든요. 머릿속에 안 들어가고 흘러나가면 듣는 의미가 없잖아요. 그러니까 원래 하는 말에서 백만 분의 일만 줄여 주시면 우리의 정신 건강에 도움이 될 것 같아요.

7. "~안 하면 어떻게 되는지 봐"라고 얘기하지 말아 주세요

이게 되게 기분이 나쁘거든요. 이걸 협박...이라고 하나요? 협박이란 겁을 주며 남에게 억지로 어떤 일을 하도록 하는 거라고 하는데 '어떻게 하는지 봐라'가 겁을 주는 거죠? (아니라고 생각하실지 모르겠지만 그렇게 느껴집니다.) 그리고 '~안 하면 어떻게 되는지 봐.'라는 말에 억지로 어떤 일을 하게 만든다는 직접적인 말은 없지만 무언의 압박이 느껴진다는 걸 알고 계시나요? 음...... 잠자는 걸 예시로 들어 볼까요? 그러면

　"지금 시간이 몇 신데 아직도 안 자고 있어? 그거 꼭 지금 안 해도 되는 거면 얼른 자라."

　"아니 나 이거 하고 잘게. 지금 끊기면 안 됨."

　"지금 11시 넘었잖아. 안 자면 내일 어떻게 하는지 봐라."

　라고 하시죠. 이렇게 말씀하시면 우리는 당연히 화가 나겠죠? 그런데 늦은 시간이니 소리는 못 지르고 소리 지르면 더 혼나니까. 그러면 우리는 '응 포기, 더 이상 못 잔다고 얘기했다가는 내일 진짜 뭔 일 생기겠네.'라고 생각하게 됩니다. 이전에도 그런 적이 있었다면요. 어떤 말이든 직접적인 압박이 없더라도 부모님 스스로도 모르게 무언의 압박이 들어가 있을 수도 있습니다. 그러면 또 말싸움이 일어날지도 모르죠. 하지만 무언의 압박이 아예 안 들어갈 수는 없잖아요? 그러니까 조금만 조심해 주시면 좋겠어요.

8. 부모님의 말을 우리가 무조건 따라야 하는 것은 아니에요

대화하는 거 말고요. 명령이오. 위에서 명령조로 말하지 말아 달라고 했었는데 그거랑은 달라요. 위에 거는 평소에, 이거는 우리가 부모님과 싸울 때의 상황이죠. 싸우다가 자리를 뜨려고 하면 '앉아.', '눈물 안 그쳐?'라든지 명령어를 사용하시죠. 말하는 사람이 느끼고 생각하는 거랑 듣는 사람이 느끼고 생각하는 것은 다릅니다. 똑같이 부모님 자신이 하는 말이 명령이 아니라고 생각하실지 몰라도 듣는 우리는 명령이라고 느껴집니다. 부모님은 왕이 아닙니다. 우리에게 명령을 하신다고 우리가 그 말을 무조건 따라야 할 필요는 없다고 생각해요. 조금 극단적으로 말을 하자면 부모님이 "너 당장

여기서 나가." 한다고 당장 나갈 건가요? "너 아무 것도 안 하고 가만히 있어. 아무 것도 하지 마."라고 한다고 아무 것도 안 할 건가요? 아니잖아요. 우리도 우리 머리로 싫고 좋음을 판단할 수 있습니다. 싫은 건 싫은 거고 좋은 건 좋은 거죠. 말을 안 들으면 무작정 화내지 마세요. 우리 스스로도 싫으니까 말을 듣지 않는 거예요. 우리도 명령은 싫습니다.

음...... 쓰다 보니 엄청나게 길어진 거 같네요. 그럼 이만 줄이도록 하겠습니다. 여기 적은 것들도 중요하지만 제일 중요한 건 믿어주고 사랑해 주는 것이겠죠....? 이걸 모두 지킨다고 해서 전혀 싸우지 않는다는 말이 아닙니다. 그냥 조금 나아질지도 모른다는 것이지요. 덜 싸우기 위해서라면 우리도 지켜야 할 게 있겠지만요!

내가
그럴 줄은

–
사춘기의 모든 것

최서연_1학년

내가 그럴 줄은 몰랐다. 과연 내가 사춘기에 걸렸을 줄은. 내 나이 열네 살. 나 같은 친구들도 물론 힘들겠지만, 이번에는 사춘기 아이들 때문에 힘들어하실 부모님들에게 자그마한 팁들을 주도록 하겠다.

1. '명령어'를 사용하지 말라

부모님들이 보면 '잉? 내가 언제 명령을 했다고…'라고 생각할 수 있다. 생각해 보자. 정말 명령어를 사용하지 않았을까? 아니다. 예를 들어 보자면 '밥 먹어.'가 있다. 학생들은 이 말을 정말 수도 없이 들었을 것이다. 사춘기에는 신체가 성장하면서 감정이 굉장히 불안정해지는 시기이다. 그래서 부모의 말 한마디로 감정이 상할 수도 있다는 말이다. '밥 먹어.'보다는 '밥해 놨어.' 또는 '밥 먹을래?' 이런 말을 사용하는 게 어떨까?

2. 학생의 고민을 잘 들어주어라

이건 잘 들어준다기보다 잘 듣고 맞장구쳐 주는 것이 중요하다. 학생이 어떤 고민을 털어놓을 땐 '이걸 말해도 될까?' 라는 고민을 분명히 했을 것이다. 분명히. 나도 그런 일이 있었기 때문에. 이때 부모는 고민을 듣고 '네가 더 잘해야지.' '인생은 원래 그런 거야.' '그럴 수도 있지.' 등등 이런 유의 말들을 절대로 해서는 안 된다. 학생은 공감을 원했을 텐데 학생의 잘못인 투로 말한다면 이것은 오히려 학생의 마음에 상처를 줄 수 있다.

만약 내가 적은 것 중에 했던 적이 있다면 앞으로는 하지 않았으면 좋겠다. 나는 사춘기의 학생들과 그 부모님들이 서로 싸우지 않고 행복하게 살았으면 좋겠다.

엄마

'엄마'라는 단어는 말만 들어도

눈물이 날 때가 있다.

한없이 헌신적이고 주기만 하는 나의 엄마

그렇지만 엄마도 또 다른 엄마의 딸이었고,

소중한 자식이었다.

이 세상에서 가장 소중한, 없어서는 안 될,

나에게 존재만으로도 힘이 되는 나의 엄마.

엄마의
글을 보고

최서연_1학년

처음에는 선생님의 권유로 책쓰기 동아리에 대해 알게 되었다. 마침 나에게 겐 글 쓰는 것을 좋아해 초등학교 때부터 책쓰기 동아리에만 들어가던 친구도 있었고 나중에 좋은 추억 하나쯤은 만들어 두는 것도 좋을 것 같아서 하기로 했다.

엄마도 같이 한다는 얘기를 들었을 때는 별로 그리 놀라지 않았다. 엄마가 책 읽는 걸 좋아한다는 사실은 우리 가족 모두가 알고 있었고 심지어는 책 읽는 전용 폰(?)과 지금도 엄마 방의 책장 한편에는 예전에 읽었던 책들이 쌓여 있었으니까. 저절로 글 쓰는 걸 좋아할 거라는 생각이 들었나 보다.

엄마가 쓴 글 중에서 특히나 인상적이었던 것은 4번째 파트인 '엄마로서의 내 삶'이었다. 나는 내가 태어나기 전에 엄마가 어떻게 나를 낳았는지를 모르고 살았기 때문에 확 눈에 들어왔던 것 같다. 나는 지금도 엄마가 쓴 글을 보면 '엄마의 이런 점도 있었구나…'하고 엄마의 몰랐던 부분을 알게 될 때가 많다.

성화맥북(MAKE BOOK)을 통하여 엄마와 같이 글을 쓰면서 엄마와의 또 다른 추억을 쌓게 된 것 같아서 기쁘다. 언제나 엄마와 나의 사이가 이렇기를!

엄마에게

손혜윤 _1학년

To. My mom!

안녕! 엄마한테 되게 오랜만에 편지를 쓰게 되는 것 같아.

일단 낳아주고 키워줘서 고마워.

당연히 나 키우면서 힘든 일이 훨씬 많았을 텐데 키워줘서 고마워.

그리고 좋은 곳도 많이 데려다 주고 새로운 경험도 많이 하게 해줘서 고마워.

그런 경험들이 나에게 큰 도움이 되는 것 같아!

그런데 요즈음 내가 너무 떼쓰고 못되게 굴어서 미안해.

사춘기가 오려나 봐....ㅎ

조금 더 말 잘 들으려고 노력할게!

그래서 그런데 서로 속상한 일이 있다면 빨리 풀었으면 좋겠어.

속상한 일이 쌓이게 되면 힘들잖아.

코로나 끝나면 여행도 많이 다니자!

가까운 곳에서도 새로운 경험은 많이 할 수 있으니까.

앞으로도 우리 친한 친구처럼 지내자!

사랑해!!!

2020년 10월 18일 혜윤 올림

성화맥북

이채민_1학년

나는 이번 성화맥북(MAKE BOOK)에 들어와 보람을 느꼈다. 처음에는 친구 서연이의 권유로 들어왔다. 사실 내가 하고 싶었던 마음도 있었다. 이때까지 책 쓰기를 한 게 3번 정도가 되기 때문이다. 그리고 들어간 후에 나는 알았다. 부모님과 같이하는 것이란 걸.

우리 집은 글쓰기를 별로 좋아하지 않는다. 나는 가족들을 괜히 귀찮게 만들기 싫어 안 해도 된다고 했다. 하지만 조금 씁쓸했다. 남들은 모두 엄마와 함께하는데 나는 엄마는커녕 아빠와도 못하니 좀 슬프고 씁쓸한 마음이 들었다. 그리고 한편으로는 엄마와 함께 활동하는 사람들이 부러웠다.

어쩜 우리 엄마도 글쓰기를 좋아하셨을지 모른다. 엄마의 글이 시인의 글처럼 예뻤기 때문이다. 그래도 나는 부모님의 도움을 받지 않고 나 혼자 해보기로 했다. 뭐 그리 어렵지는 않았다. 자기 생각을 적는 거랑 마찬가지였으니까. 하지만 4번 챕터인 가족에서는 막혔다. 우리 가족은 다른 가족보다 특이한 가족이기 때문에 함부로 적을 수 없었다.

4번만 빼면 꽤 쉬웠던 활동들이었다. 이런 활동들을 하면서 솔직하지는 않았지만, 마음이 조금 편안해지는 기분이 들었다. 이런 글들을 새벽에 적으니 더 잘 적혔던 거 같다. 새벽 감성이라고나 할까? 아무튼 이 책 동아리에 들어온 것에 후회는 없다. 기회가 생긴다면 한 번 더 해보는 것도 나쁘지 않을 것 같다.

세상에서 제일 멋있는 우리 엄마 아빠

전수빈_3학년

우리 엄마는 대단하고 멋지고 가끔 신기한 사람이다.

아침에 우리보다 일찍 일어나서, 학교에 지각하지 않게 깨워주고, 학교에서 마실 물과 사용할 수저를 챙겨 주시고, 배고프지 않게 매일매일 아침을 차려주신다. 가끔은 늦게 일어나셔서 급하게 준비할 때도 있지만, 아무리 늦어도 밥은 꼭 먹어야 한다면서 김에 밥을 싸서 동생과 나에게 한입씩 넣어주신다. 가끔은 시리얼이나 빵도 주신다. 그런데 대부분은 밥과 반찬이나 고기를 해서 아주 푸짐하게 차려 주신다. 과일과 후식도 챙겨 주신다. 그래서 나와 동생은 매일 아침에 배를 꽉꽉 채워서 학교에 간다. 우리가 학교에 가고 나면 엄마가 무엇을 하시는지는 모르지만 내가 학교를 갔다가 오면 내가 대충 펴놓았던 이불이 말끔하게 정리되어 있고, 책상에 누워있던 책들이 가지런히 세워져 있고, 거실 책상 위가 깨끗해져 있다. 그리고 또 강둑에 산책을 가거나, 청소도 하고, 문화센터에 한지 공예 같은 것도 배우러 가고, 보드게임도 배우러 가서 이제는 보드게임을 가르러 가고, 학교 방과 후 수업에 사용할 자료들과 제출할 서류나 통지표도 만들고, 책장에 있는 오만가지 책들을 전부 꺼내서 정리도 하고, 보육교사 자격증을 따기 위한 수업도 듣고, 그에 관련한 시험도 치고, 할머니 병원도 갔다 오고, 할머니 댁에 가서도 정리하고, 화분 분갈이도 하고, 동사무소에서 진행하는 프로젝트 같은 것도 참여하고, 학교에서 학부모도 함께 할 수 있는 것들도 참여하고, e 알림으로 오는 나에게 도움 될 것들을 모두 알려 주시고, 재미있는 것들을 함께 해주시고. 이 외에도 하시는 게 굉장히 많은 것 같지만, 내가 엄마를 볼 때, 엄마는 늘 무언가를 하고 계신다. 엄청 부지런하다. 엄마 말로는 엄마가 가만히 못 있는다라고 하신다. 내가 봐도 그런 것 같다. 언제 봐도 엄마는 자꾸 뭘 하고 있다. 되게 열심히 사는 것 같다. 밥도 열심히 먹고, 움직이는 것도 열심히 움직이고, 수업도 열심히 듣고, 시험도 열심히 치고, 청소도 열심히 하고, 가르쳐 주는 것도 열심히 하고, 춤도 열심히 추고, 요리도 열심히 하고, 본업도 열심히 하신다. 얼마나 가만히 안 있냐면, 아빠가 제발 좀 그만 하라고 할 정도로 자꾸 뭔가를 하고 계신다. 그런데 내가 보기에는 짱 멋져. 멋지지 않나? 그렇게 부지런히 뭔가를 하는데 에너지가 넘친다니까. 의욕이 지붕을 뚫고 하늘 뚫고 우주까지 뚫어 버렸어. 그런데 허리 아프다고 하고 손 아프다고 하면서 만져 달라고 하는데 왜 하는지 몰라. 아니 내가 자랑하려고 하는 게 아닌데 뭔가 자꾸 자랑하고 싶은 마음이 퐁퐁 솟아난다는 말이다......에효... 여하튼 멋지다구.

그리고 또 어디를 가든, 무엇을 하든 당당하고, 엄청난 친화력을 가지고 있고, 뭘 하든 의욕이 넘치고, 뭘 자꾸 하는데 충분히 힘들만 한데 힘들어 보이는데 힘든 것 같지 않고, 뭐든 열심히 하고, 어디 나가는 데가 있으면 나서

고 싶어 하고. 나는 나서는 것을 별로 막 그렇게 좋아하는 것은 아니다. 생판 모르는 사람들이 있는 거면 그나마 괜찮지만...... 내 성격은 분위기를 타는 지라... 분위기가 좋고 나랑 친한 사람들이 있으면 자신감이 상승하는데, 정말 모르는 사람들이나, 알지만 어색한 사람들과, 조용할 때면 나도 따라서 조용해진달까...?? 근데 엄마도 그렇단다. 분위기를 타서 성격이 바뀌는 게. 집에서 신나는 노래를 틀었을 때 춤을 너무 신나게 춘다. 신기하다......!!!!!! 그 노래에 맞는 춤이 아닌데, 그 노래에는 춤이 없는데, 분명 저건 막춤인 데!!!! 그렇게 춤을 출 수 있다는 것도 너무 신기하다!! 나라면 못 할 텐데... 동생도 그렇다. 둘 다 너무 신기해...... 아빠도 막상 나서면 완전 잘하는데 나는 아니다. 나서는 거 별로 좋아하지 않는다. 그래도 엄마나 동생이나 아빠가 나서면 좋다. 대리만족? 근데 혼낼 때는 조금 무섭다... 그래도 화내는 때가 그리 많지 않으니까 괜찮다.

그리고 아빠도 대단한 사람이다.

일을 하러 갈 때면 어쩔 수는 없지만... 아빠가 쉬는 날에는 우리랑 엄청 나게 열심히 놀아주신다. 하루, 혹은 이틀을 쉬는데 우리랑 캠핑도 가고, 캠 핑장에 가서 고기도 구워 먹고 놀다가 오고, 드라이브도 가고, 당일치기로 바다도 갔다 오고, 저녁에 자전거도 타러 가고, 산책도 가고, 맛있는 것도 먹고, 가끔 동생 모르게 아빠랑 둘이서 놀고(과연 동생이 지금까지 모르고 있었을까? 횟수가 좀 많이 되는데......ㅎㅎ), 둘이서 맛있는 것도 먹고 오 고, 가끔 퇴근할 때 맛있는 것을 사 오셔서 다 같이 나누어 먹고, 무슨 날이 아니어도 무슨 날 일 때 엄마를 줄 꽃도 사오시고, 나한테도 주고, 엄마 몰 래 동생이랑 셋이서 놀러도 가고. 근데 혼낼 때는 진짜......와...... 한 달 치 눈물을 다 빼버릴 정도로 무섭다....... 말로 혼내는데 어떻게 그렇게 무서운지;; 아빠 눈이 커가지고 눈빛이 아주 장난이 아니다. 그래도 뭐 아빠가 화내는 건 진짜 일 년에 한 번 화낼까 말까 할 정도로 적다. 대부분 내가 잘못했을 때 화를 내신다. 그래도 평소에는 그 큰 눈에서 꿀이 뚝뚝 떨어져서 괜찮다. (아빠는 그렇게 생각을 안 하려나?)

우리 엄마랑 아빠 두 분 다 시험 성적으로 그렇게 많이 화내지는 않아서 그건 좋은 것 같다. 그렇다고 마냥 좋은 것만은 아니고. 우리 엄마도 열심히 살지만 그 못지않게 아빠도 열심히 사신다. 멋있고, 대단하고, 자신감 넘치고 애정표현도 많이 하고, 능력 많고, 잘 하는 것도 많고, 할 줄 아는 것도 많고, 세상에서 제일 좋고, 세상 다 가졌고, 말도 잘하고, 요리도 잘하고 (가끔 잘 못할 때도 있다.) 청소도 잘 하고, 손재주도 좋고, 정리도 잘하고, 판단도 잘하고, 물고기도 잘 키우고, 식물도 잘 키우고, 의욕도 넘치고, 놀러도 잘 다니고, 뭐든지 열심히 하고, 자기 일도 열심히 하고, 해야 할 거 다 하고, 우리 둘도 잘 챙겨주시고, 동생과 내가 둘이서 아무리 오래 들어도 적응이 안 될 정도로 꽁냥꽁냥이 심하고, 아직 콩깍지가 떨어지지 않은 것 같고, 둘이서 케미가 아주 그냥 장난이 아니고, 내가 세상에서 두 번째로 사랑하는(첫 번째는 나 자신이지요. 오해 금지!! 안 했다면 말구요.) 우리 엄마랑 아빠는 세상에서 제일 멋있고 대단한 사람이다. 남이 뭐라 얘기해도 우리 엄마랑 아빠가 최고다. 히힛.

엄마 아빠

김아영_2학년

　엄마 아빠란 단어를 들었을 때 느끼는 것은 무엇인가 생각해 본 적이 있는가. 포근함, 따뜻함, 그리움, 정겨움 등 사람마다 느끼는 것은 다르다.

　난 나의 엄마 아빠에 대해 얘기해보겠다. 우리 엄마 아빠, 나의 부모는 어떤 느낌일까 먼저 생각나는 것은 사랑함일 것이다. 나의 부모님 나를 위해 힘써주시는 부모님을 사랑하지 않는다는 건 불가능 한게 당연할 거니까. 사랑한다는 감정을 말로 전하기에는 부끄럽고 어색할지도 모르지만 그럼에도 그 감정이 틀린건 아니다. 당연한게 어찌 틀릴 수 있겠는가. 그 다음으로 느끼는 감정은 고마움 감사함 등 부모님이 해주신 일에 대한 마음이다. 맨날 우릴 위해 회사로 나가 주말도 없이 아이들을 돌보거나 전기 관련 일을 해주시며 우리에게 쓰일 돈을 벌어다 주시는 부모님. 그 덕분에 편히 살고 있어 정말 고맙고 감사한 마음이다.

　우리 엄마 아빠는 얼굴 오래 볼 시간이 없다. 난 학교에 밤에는 운동을 가고, 엄마랑 아빠는 운동 가기 몇 분 전에 오다 보니 별로 얘기할 시간이 없다. 그렇지만 서로 안부를 묻고 웃으며 즐겁게 지내고 있어 그렇게 대화가 안통하고 그런건 없다. 우리 엄마 아빠는 서로 자주 부딪혀도 금세 다시 화해하고 사이도 좋아져서 예전과 다르게 걱정되지는 않는다. 특히 우리 엄마 아빠가 외식하고 오는 날은 더 기분이 좋아 보여서 나도 좋다. 우리 엄마 아빠가 이렇게 노력해 주는데도 공부를 안 하고 있어 미안하기도 하다. 그러면서도 계속 놀고만 싶어 하고 부모님에게 상처만 주는 것 같아 죄송하기도 하다. 우리 엄마 아빠는 조금이라도 더 웃고 더 즐겁게 지내 줬으면 하지만 생각과는 다르게 즐겁게 못 해드리는 것 같아서 마음에 계속 걸린다. 그럼에도 항상 우리 걱정만 해주고 우리 생각만 해주는 부모님이 감사하고 고마워서 뭐라도 해드리고 싶지만 뭘 해줘야 될지도 잘 모르겠다. 그저 조금만이라도 더 즐겁게 해드리는 것으로도 우리 부모님이 좋아해주실까 생각되기도 하고 정말 뭘 할 수 있는지 마음에 걸려서 더욱 죄송스럽기도 하다. 그렇다고 난 죄송하기만 하진 않다. 부모님이 웃으실 때, 나도 행복하고 즐겁게 해드린 것 같아 뿌듯하다. 한번이라도 뭔가 잘된 날엔 더할 나위 없이 좋아하시는 모습이 더욱 눈에 밟히고 기분이 좋은 날이다. 이처럼 우리 엄마 아빠는 매일 웃으시며 지내셨으면 좋겠다.

김희윤 | 1학년

대구에서 태어나 화목한 가족 사이에서 자랐다. 세 자매 중 둘째로 태어났으며 첫째 같은 둘째이다. 먹을 것도 좋아하고 방탄소년단도 좋아하는 평범한 중학생이다. 내 인생 처음으로 제대로 글을 써보는 것이다. 글을 좋아하기도 하고 상도 많이 받고 써보기도 했지만 막상 이렇게 하라고 던져주면 부담을 가져 잘하지 못하는 스타일이다. 비록 짧고 내용이 별로일 수도 있지만 내가 열심히 쓴 글이니 잘 봐주길 바라는 마음이다.

손혜윤 | 1학년

대구에서 태어나 올해 성화중학교에 입학하였다. 하지만 코로나로 인해 온라인 수업을 하게 되었다.

이나은 | 1학년

나의 고향은 대구. 갑자기 글을 쓰게 되어서 처음에는 글을 어떻게 써야 할지 몰랐지만 지금 이 책을 쓰는 활동을 하고 난 뒤 나는 글쓰기에 흥미를 가지게 되었다.

이채민 | 1학년

대구 사람과 평해 사람이 만나 대구에서 태어났다. 현재 14살
로 대구 성화중학교에 다니고 있다. 성화중학교에서는 처음으
로 책쓰기를 해봤다. 3번째로 책을 쓰기에 부담은 조금 없었던
거 같다. 책쓰기 동아리에 들어와 성화맥북이라는 팀 이름으
로 책을 쓰니 진짜 작가가 된 기분이 들었다. 형식을 조금씩 다
르게 하다 보니 살짝 힘들었지만 다 하고 나서 나의 글을 보니
힘들게 썼던 보람이 있는 거 같아 책쓰기의 다른 맛을 느꼈다.
전문가가 아니라 많이 미숙하지만 최선을 다해 적었다.

최가은 | 1학년

올해 성화중학교에 입학하였다. 코로나로 인해 늦게 등교를
해서 이번 년도에 특별한 추억을 못 만들겠다 생각할 때 책
쓰기 동아리를 한다는 말에 고민을 해 보다가 신청하게 되었
다. 비록 잘 적지는 못하였으나 따뜻한 관심으로 이 책을 읽
어주면 좋겠다.

최서연 | 1학년

처음에는 서툴고 뭐가 뭔지 잘 몰랐지만 하다 보니 책쓰기가
꽤 뿌듯하고 재밌게 느껴졌었다. 다 같이 만든 책이 이렇게
완성된다고 하니 설레기도 하고 이 책이 완성되고 읽는 사람
이 흥미를 이끌 수 있는 책이 되길 바란다.

권영서 | 2학년

인생 15년 차. 유쾌한 부모님 아래 독녀로 태어나 사랑이란
사랑은 남김없이 받으면서 고민 따위는 하지 않고 살았다.
그러다 우연히 거절 의사를 제대로 표현하지 못한 덕에 이
책 집필에 참여하게 되었고, 처음으로 부모와 자식 간의 관
계에 대해 고민했다. 남들보다 참여한 글의 수는 적다. 하지
만 그 누구보다도 진지하고, 진실하게 나의 모든 느낌을 녹
아냈다. 학생이지만 마냥 학생의 편이지는 않은 글을 적었
다. 내 글을 읽는 모든 이들이, 그게 부모이든, 자식이든 간에
나의 글을 읽으며 한 번이라도 서로를 생각하게 된다면 내가
이 글들을 적은 모든 목적을 달성했다고 생각한다.

김아영 | 2학년

오래 보았던 것이 아닌 새로움을 만났을 때 호기심과 설렘
이 공존하듯이 이곳에서의 만남도 호기심과 설렘이 가득하
길 바라는 마음으로 준비하였다. 그저 한번 훑어보는 글이더
라도 잠시 스쳐 지나가는 인연처럼 뇌리에 꽂혀 잊지 못하는
추억이 되길 바란다.

엄나영 | 3학년

세상에는 많은 사람들이 삶을 살아가고 책 보는 것을 좋아하는 사람들이 있고 책 보는 것을 싫어하는 사람들도 있다. 그중에 책 읽기를 싫어하는 한 명이 나인 것 같다. 하지만 글 쓰는 것을 좋아하기에 이렇게 글을 쓰게 되었다. 내 인생에 기록으로 남을 이야기를 다른 누군가에게 들려주고 싶고 누군가는 이 글을 읽을 것이라고 생각하며 하나하나 글을 써 내려갔다.

전수빈 | 3학년

작가가 꿈인 학생이다. 교실 게시판에 책쓰기를 한다고 하는 종이를 보았다. 그러고는 수업이 마치고 무작정 집으로 달려가서 엄마에게 나는 나중에 작가가 하고 싶으니까 신청하고 싶다고 말했다. 그랬더니 그러라고 하셨고 엄마도 함께하게 되었다. 신청하러 갈 때 친구에게도 말했고 친구도 함께하게 되었다. 처음에는 단순한 호기심으로 시작하였지만 하다 보니 은근 재미있었고 글을 읽고 쓰는 게 더 좋아졌다. 하지만 끝내야 하는 시간이 정해져 있다는 게 조금 힘들기는 하였지만 무사히 잘 끝냈다는 생각이 들어서 좋았다. 잠시 접어두었던 작가라는 꿈을 다시 꺼내게 되는 계기가 되었고 한 발자국 더 다가간 듯해서 좋은 경험이라고 생각했다. 내 또래의 친구들이 읽고 공감할 수 있으며 내 또래의 자녀가 있으신 부모님들께서도 공감할 수 있는 이야기들이 가득 담겨 있는 책이다. 중학생들 혹은 부모님들께서 이 책을 읽고 서로가 모르던 자녀와 부모님의 속마음을 알 수 있었으면 좋겠다.

아날로그

책으로 묶은 세대 공감 이야기

책으로 보는 세대 공감 이야기

엄나들이

학부모

강현숙
김옥순
김현민
박원주
유채윤
정세진
정수진

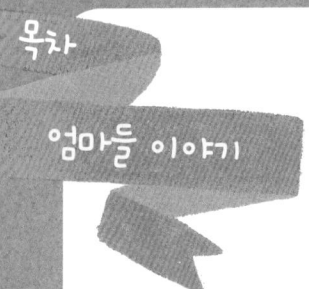

목차

엄마들 이야기

진로

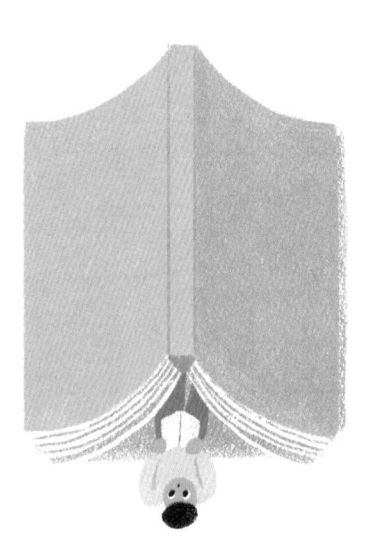

이성(외모)

사춘기

엄마

머리말

　전 세계적으로 코로나19 때문에 힘든 시기에 아이가 중학교에 가게 되었다. 2월 달부터 연장된 입학 연기가 6월까지 오게 된 상황에 학교에서 하는 동아리에 참가한다고 해서 무척 기뻤다. 책쓰기 동아리라고 해서 부담되기도 했으나 초등학교 이후 처음으로 글쓰기를 하게 되었다. 책을 읽는 것은 좋아하지만 쓰는 것은 부담이 많이 되었다. 그러나 여러 가지의 주제를 가지고 글 쓰는 것은 나에게 또 다른 경험이 되었다. 많은 생각을 하게 되고 지난 시절을 다시 떠올리게 되었다. 아이를 가졌을 때의 기쁨과 힘듦, 친구들과 즐거웠던 여행 등 많은 생각을 하게 만드는 기간이었다. '우리 아이들이 이 글들을 통해 무얼 느낄 수 있을까.' 자그마한 기대를 하게 된다. 글을 쓴다고 했을 때 비웃지 않고 격려해준 우리 가족들. 서슴없이 엄마는 할 수 있다고 얘기해준 서연이. 모두 모두 고맙고, 사랑한다. 그리고 이 책을 읽게 되실 사춘기 자녀를 둔 학부모님들께 모두 힘내라고 말하고 싶다.

2021. 2. 학부모 저자를 대표하여 김현민 씀

성적

학창 시절 나도 하기 싫은 공부였지만

돌이켜보니 공부만큼 쉬운 게 있을까?

너희들에게는 당장 눈앞에 놓인 시험이

너무 스트레스고 힘들겠지만

세상에는 그보다 더 한 힘든 일이

너희들을 기다리고 있기에 공부라는

어쩔 수 없는 관문을 넘어야 한단다.

우리 아이들에게 들려주는 성적에 관한

엄마들의 진솔한 이야기를 들어보자.

뒤돌아보면
보이는 것들

박원주_전수빈 엄마

아이야!
마음껏 웃고 재잘거리는 열여섯 너의 모습이 참으로 예쁘구나!

밤늦게까지 핸드폰 만지작만지작하고 싶고, 웹툰도 보고 싶고, 누구의 간섭도 안 받고 해가 중천에 뜰 때까지 늘어지게 자고 싶은데......
공부보다 다른 게 더 좋은데......
그 좋은 걸 마음껏 하지 못하는 게 너무 싫겠지만 시간이 지나 뒤돌아보면 보인단다. 어른들의 간섭과 통제된 그것들을 무조건 거부하거나 밀어내지만 말고 자신을 다독이며 그때그때 해야 할 것들을 하나씩 해나가며 알차게 시간을 보냈을 때 인생이 얼마나 달콤한지를......

"공부가 인생의 전부야?"

아니지~ 당근 공부가 인생의 전부는 아니지~

하지만 시간이 지나면 할 수 없는 것들이 있는데 그중의 하나가 바로 공부란다.

아기가 태어나면 모유나 분유를 먹게 되는데 부모는 아이 개월 수가 지남에 따라 분유의 양을 조금씩 늘려 간다.

그러다 어느 시기가 되면 분유보다 한 단계 높여 쌀을 갈아서 만든 미음부터 시작해서 걸쭉한 이유식, 되직한 죽밥, 성인과 같은 밥을 먹을 수 있도록 적응 단계를 거친단다. 아무것도 아닌 것 같지만 밥 한 공기를 먹기 위해서도 작은 위가 제 기능을 할 수 있도록 밥통인 위의 크기를 키우고, 딱딱한 음식, 질긴 음식, 자극적인 음식 등 모든 음식을 체하지 않고 잘 소화해 줄 수 있도록 한 단계씩 밟아가며 노력을 기울인단다.

우리의 인생도 그렇단다.

초등학교 때 배워야 할 것들을 초등학교 때 배우지 않으면 중학교 과정을 이해하기 힘들고, 중학교 때 배워야 할 것들을 중학교 때 배우지 않으면 고등학교 때 많이 힘들어지겠지?

태어나는 순간부터 순간마다 해야 하는 과업이 있다고 생각해 보렴. 그렇게 한 단계씩 배워 놓은 것들을 발판 삼아 성인이 되었을 때 스스로 딛고 일어서야 한다고 생각해 보렴.

여러 개의 높은 발판을 딛고 출발할 준비가 되어 있는 친구도 있을 것이고 그제야 급하게 발판을 준비해야 하는 친구도 있겠지?

물론, "난 중학교 때 실컷 놀고 나중에 필요하면 공부를 하겠어."라고 얘기할 수도 있겠지? 하지만 그 나중엔 그때에 해야 할 과업이 있으므로 중학교 때 하는 것보다 상황이 더 힘들 수도 있단다. 내가 준비해놓은 것이 없는데 어른이 되어 사회로 나가야 한다면...... 스스로 생활비를 벌어가면서 학비를 벌어 공부해야 한다면...... 얼마나 힘이 들까?

"공부 말고 다른 거 하면 되잖아.~"

그렇지, 공부 말고 다른 거 하고 싶으면 다른 것을 해도 괜찮아.

만약, 하고 싶은 게 있다면 구체적으로 계획하고 꾸준히 실천해 나가길 바라.

하지만 다른 어떤 것들이 기본 지식 없이도, 몸이 고달프지 않고도 꿈을 이룰 수 있게 할까?

자신을 통제하고 절제하는 인내는 어렸을 때부터 조금씩 나도 모르게 몸에 배는 거란다.

더 보고 싶은 웹툰을 끄고 학교 과제를 하기 위해 책을 펼치던 그때, 좋아하는 가수 콘서트를 보러 가고 싶지만 이어폰으로 흘러나오는 노래에 만족하며 영어 단어를 익히던 그때, 늘어지게 더 자고 싶은데 눈을 비비며 일어나 교복을 챙겨 입던 그때마다 너는 조금씩 자신을 다독여 가며 준비해 가고 있는 거야.

모든 음식을 잘 소화해 낼 수 있도록 작은 위의 기능을 제대로 갖출 준비를 했듯이 훗날 너의 꿈을 마음껏 펼칠 수 있도록 지금 기본을 준비해 놓는

다면 그 꿈이 어떤 꿈이든 도전하고 펼쳐 볼 발판이 되어줄 거야!

    너의 곁엔 늘 너의 꿈을 함께 응원하고 지켜봐 주는 부모님과 선생님, 친구들이 있다는 걸 기억해 주렴.

    오늘도 나는 마음으로 너를 응원하고 있어.

    파이팅!

난 몰랐다

김옥순_김희윤 엄마

난 몰랐다.

내가 꽤나 가성비가 좋던 학생이었단 것을.

학원도, 과외도 없이 그럭저럭 성적을 낼 수 있었던 학생이라고.

난 몰랐다.

내 컨디션에 맞게 공부하면 된다는 것을.

고등학교 내내 야자 하면서 졸았네.

"옥순아 또 자니?"

난 몰랐다.

그렇게 잠이 많던 내가 목표가 있으면 잠이 없어진다는 사실. 정신없이

수학 문제를 풀다 저 멀리 떠오르는 동쪽 하늘 빨간 태양은 아직도 잊을

수 없다.

　나는 몰랐다.
　인생은 살아가면서 꾸준히 꿈을 꾸고 그 꿈을 위해 노력해야 한다는 것
을. 10대의 꿈이 마지막일 줄 알았다네.

　나는 몰랐다.
　공부는 고3이 끝이 아니란 것을.
　40, 50의 나이에도 공부를 해야 하고 꿈을 꿀 수 있는 것을.
　늦었다고 생각하는 공부가 더욱 절실해 질 수 있다는 것을.

　나는 지금도 온통 모르는 것투성이라네.
　왜 나보다 훨씬 똑똑한 우리 아이들이 종일 공부에 매달려야 하는지.
　아이들도 예전에 비해 훨씬 줄었다는데
　경쟁은 어째서 더욱 치열해지는지...

　뭔가를 놓치고 가는 듯해서 바보 엄마는 자꾸만 뒤를 돌아보게 된다.

나는 엄마다

정수진_권영서 엄마

    나는 엄마다. 나는 딸내미의 운전기사며, 수행 비서이며, 요리사, 때로는 학습 플래너, 그리고 친밀한 동료(나만의 착각일런지도 모를)이기도 한, 심리치료사라는 직업을 가진...

    나는 엄마다.

    코로나로 인해 업무가 줄었고, 대신 딸과 함께 하는 시간이 늘어났다. 가장 달라진 점은 등교를 함께 한다는 것. 내가 운전기사의 역할을 충실히 하고 있을 때, 오늘도 서야는 조수석 시트를 한껏 넘기고 잠들어 있다. 한껏 미안함이 올라온다. 이제 겨우 중2인데 그깟 성적이 뭐라고, 학원 숙제쯤 넘기면 어때.... 라는 1분도 지속할 수 없는, 나 자신을 속이는 생각을 하며 씁쓸함을 동반한 죄스러움에 가까운 감정에 딸내미가 너무너무도 안쓰럽다.

나는 1남 3녀 홀어머니 밑에서 자랐다. 가정 형편이 나빠 학교 이외의 교육을 생각할 수도 없었고, 별 투정도 못하고 컸다. 또 생각해 보면 엄마는 학업 성적으로는 나에게 별 잔소리를 하시지 않으셨던 것 같다. 그때는 그것이 매우 다행이면서도 무관심으로 여겨졌었는데, 다 커서 공부를 내가 찾아서 하게 되니 즐거움도 적극성도 배가 되었고, 서야를 낳고 나서는 박사과정까지 욕심을 내 볼 만큼 공부가 재미있어졌다. 그런데 다 커서 하는 공부도 경제력과 시간적·심리적 여유가 뒷받침이 되어 주어야 했고, 무엇보다 이전 학습 경험들의 깊이가 중요함을 알게 되었다. 그리고 욕심이 날수록 그때 공부를 했었더라면, 좀 더 좋은 대학에 좋은 학과에 갈 수 있었더라면 지금 나의 모습이 사회적 지위가 달라져 있지 않았을까 하는 후회와 미련이 생겼다. 많은 학습과 경험들에서 우러나오는 진국과 같은 사고와 판단력과 인지력, 무엇보다도 세상을 바라보는 눈이 내게는 무척 얇고 좁았다. 생각해 보니 나의 엄마는 당신이 경험해 보시지 못했던 학교생활을 딸내미가 해내 가는 것만으로 대견해 하신 건 아니었나 생각해 보게 된다. 그랬던 나는 공부의 재미를 대학원에서 느꼈던 것 같다. 마냥 주어지는, 성적 관리를 위한 공부가 아닌 내가 좋아하고 관심이 가는 주제를 파고들 수 있는 공부를 할 수 있었고, 그 덕분에 좀 더 나의 공부를, 나의 직업을 사랑할 수 있게 된 것 같다.

그런 내가 엄마가 되었다. 내 아이에게 부족함 없이 많은 경험을 쌓도록 해 주고, 넓은 세상을 보는 눈과 판단력, 세상에 맞서 굴하지 않는 힘을 길러 주고 싶은 그런 엄마 말이다.

나는 심리치료사이다. 다양한 마음의 병을 가진 이들을 만나 검사하고

상담하는 일을 하고 있다. 현장에서는 다양한 사연과 배경을 가진 사람들을 만나게 된다. 그중에서 학업, 자녀와 관련된 상담들도 꽤나 많은 경우를 차지하는데, 그중에서는 물론 부모님이 학업 스트레스를 많이 주어 상담을 요하는 경우들이 많지만, 반대인 경우도 있다. 시대가 시대이니 만큼 학업을 강요하지 않고 행복한 아이로 커나가기를 바라는 부모님들도 많아졌는데, 나는 상담 현장에서 부모가 아이에게 스트레스를 주지 않는다고, (다양한 상황과 많은 의미가 있겠지만) 아이 자신이 현 상황에 만족하고 행복해할 수 없음을 배웠고 이를 상담 경험을 통해서도 만나 보았다. 때로는 아이의 욕구를 알아채지 못하고 '괜찮아 못해도 돼'라는 메시지로 위안을 주며, 그것으로 아이가 행복해할 것임을 믿어 의심치 않다가 과도한 긴장감, 소극성으로 상담실 문을 두드린 케이스도 있었고, '거지로 살아도 좋으니 현재 스트레스를 주기 싫다'라는 아버지의 사랑스런, 언어 발달이 다소 느렸던 아들이 무기력, 우울함에 빠져 다시 상담실의 문을 두드리는 경우도 보았다.

물론 아이들은 무수히 많은 이유들로 마음이 아프다. 그래서 부모가 해야 할 일은 아이가 홀로 이 세상에 나가기 전의 준비를 함께 해 주는 것이 아닐까 하고 생각한다. 그러려면 현재 아이는 자신에게 주어진 발달 과업에 충실하고 그 과정 속에서 실패와 성공의 경험들과 함께 단단해져 가야 하지 않을까? 아이가 자신에게 주어진 문제를 잘 풀어나갈 수 있도록 조력하고, 조언하고, 함께 하며, 안내하고, 심리적 지지 및 지원을 아끼지 않고, 더불어 함께 아파할 수 있는 것이 필요한데... 그런데 부모들은 이것을 알고 있다. 많은 사랑과 관심을 통해 갈구하여 얻어진 지식들로 인해 알고 있다. 그런데도 왜 아이들은 아플까?

결국 이는 '조절의 문제'이다. 부모는 아이의 발달 수준과 자아강도와 취향과 관심과 성취 수준 등등의 많은 요인들을 고려하여 기대와 의무감 등을 부여해야 하는데, 아이의 요소보다 부모의 이루지 못한 소망, 욕구들이 아이의 것으로 둔갑되어 착각되는 것을 인식하지 못하며, 아이의 능력과 욕구 이상의 것을 요구하거나 자신이 과도한 요구에 아파했던 상처로 인해 아이에게 적절한 성취 압력을 주지 않는 것을 아이에 대한 사랑이라고 여기는 것이다. 아이는 자신이 현재 충실해야 할 발달 과업들 —우정을 포함하는 사회적 관계 기술 습득, 인지발달, 정서함량 등— 중에서 적절한 균형을 이루어가며 그 속에서 실패에 좌절하지 않고 대처해 나가며, 그러한 과정 속에서 커나감에 성취감을 느낄 수 있도록 해야 하는데, 정작 아이를 위한다는 미명하에 정작 아이의 행복에 반하는 부모의 욕구를 아이에게 강요하기 때문에 아이도 부모도 아파지는 게 아닐까?

부모는 아동의 '자아존중감' 발달에 결정적인 영향력을 갖는다. 자아존중감이 높은 아동의 부모는 아동을 수용하고 애정을 표현하며, 아동의 문제에 관심을 가지는데, 학업적 자아존중감은 초등학교 시기부터 아동들에게 급격히 발달되기 시작하는 중요한 자아개념의 한 측면임을 아이들도 부모들도 간과해서는 안 될 것이다. 과도한 기대는 섣부른 실망감을 낳게 된다.

아이가 갓 걸음마를 뗐을 때를 생각해 보자. 엄마는… 아빠는… 아이가 넘어졌을 때 얼른 잡아 줄 수 있는 정도의 거리에서, 금세 잡을 수 있도록 손을 뻗은 채로 아이의 걸음마를 응원한다. 때로는 손을 잡아 이끌어 주기도 한다. 아이가 준비가 되어 있을 때 조금 당겨 일으켜 주는 것이 부모가 해야 할 '발판화'의 역할일 거다. 아이가 학습에 준비가 되어 있을 때 부모는 기꺼이 손을 잡아 이끌어주고 격려해 주며 지지해 주어야 하고, 아이가

학습을 등한시하는 것이 다른 꿈이라는 핑계의 이름을 달지 않도록, 현재 자신의 발달 과업에 충실하여, 준비된 자로서 꿈을 꿀 수 있도록 이끌어 주는 것이 부모의 역할임을 명심하고....

조절할 수 있도록 하자. 내 꿈이 아이의 꿈으로 둔갑하지 않도록, 내 욕심이 아이에게 부담이 되지 않도록 말이다.

퇴근길... 지친 몸을 이끌고 돌아온 집... 서야는 아직 학원에 있다. 나는 다행히(?) 나의 딸에게는 많은 기회를 지원해 줄 수 있는 여건을 가진 부모가 되었고... 서야는 그 덕(?)에 많은 학원 스케줄에 늦은 귀가를 하는 딸이 되었다. 아빠는 서야를 데리러 자동차 키를 챙겨 엘리베이터에 몸을 싣고... 얼마 후 돌아온 딸에게 나는 학원에서의 성과를... 이 늦은 밤 해내야 할 과제를 챙기기 급급하다. 나는 엄마다....

퇴근길 지금껏 잘해온 서야에게 너무도 감사하고, 내가 많은 경험을 허용해 줄 수 있는 조건(경제적, 심리적 등)을 갖춘 부모임에 또한 감사함에 더 이상의 욕심은 사치라 여기며, '수고했다' 안아 줘야지, '잘해 왔다' 지지해 줘야지, '잘하고 있다' 칭찬해 줘야지, '잘할 거야' 격려해 줘야지 했던 마음은 어느새 날아가 버리고, '이 길이 안전해', '여기가 빠른 길이야', '실패하고 고칠 시간이 없어', '이, 방법이 맞아', '서야 빨리', '서야 더, 더, 더'를 말하고 있는 나는.

한껏 욕심만 부려 보는, 그래서 너무 부끄러운

그럼에도 불구하고 이런 역할에 최선일 수밖에 없다고 자위하는...

나는 엄마다...

성적이 내 인생을
좌우한다?

강현숙_김아영 엄마

성적이 내 인생을 좌우한다?

엄마는 이렇게 생각해. 아직 학생인 너희는 공부 때문에 너무너무 힘들지? 하지만 공부로 배우는 것으로 힘든 건 너희뿐만이 아니라고. 이 세상 생명이 있는 모든 것은 태어나면서 배우길 시작한다고. 너희가 엄마, 아빠라고 말하기 시작하면서 걸음마를 배우듯이 다른 동물들도 생존을 위해 나름 열심히 배우며 동물의 삶을 살아가고 있어. 그러니 너희만 억울한건 아냐.

아주 작은 학생일 때부터 학교에 갔다 오면 각종 학원을 전전하고 지금 또한 학원을 전전하는 모습이 엄마도 좋아서 시키는 건 아니야. 너희가 나중에 꿈이 생겨 원하는 대학교나 수업을 받을 때에 그만한 수업을 받을 수 있는지 자격이 필요할 때 자격을 결정하는 것이 지금은 성적밖에 없단다.

고등학교의 성적으로 대학을 가야한다는 현실 속에서 너희가 가고자 하는 대학에서 높은 성적을 원할 경우, 아니면 내 성적으로 인해 선택할 대학

이 적을수록 실망할 모습을 보고 싶지 않기에 나는 성적이 인생의 전부는 아니어도 인생에서 중요한 역할을 하고 있다고 생각해.

꿈은 성적으로 이루어진다

삶을 살다보며 꿈을 이루고 사는 사람보다 어쩌다 삶을 살기위해 적당히 꿈을 포기하고 꿈꾸는 것을 잊어버리고 살아가는 사람을 많이 보게 되는데 그런 사람들도 한때는 꿈을 향해 열렬히 공부하고 인생의 목표를 이루기 위해 젊음을 불태웠을 때도 있었어.

근데 말이야, 꼭 공부를 잘하는 사람이 꿈을 이루는 것은 아니라는 걸 알고 있지만 꿈을 위해 노력하는 한 방법이 아닐까. 어떤 꿈이던 그냥 이루어지는 것은 아니니깐. 내 꿈이 이루어지지 않는다고 좌절하기 전에 내가 꾼 꿈을 이루기 위해 난 어떤 노력을 하였는지 다시 생각해 보길 바래.

요즘 한창 방송 중인 요트원정대라는 프로에 송호준이란 사람을 우연히 알아보게 되었는데 송호준(78년생)은 고려대 전기전자전파공업대를 졸업한 미디어아트 작가로 2013년 4월 19일 카자흐스탄 바이코누르 기지에서 가로 10cm, 세로 10cm의 조그마한 개인 위성을 쏘아 올린 사람이라고 한다.

인공위성을 쏘아 올리기까지 무려 1억여 원의 비용이 소요되었고 1억여 원을 마련하기 위해 티셔츠를 팔아 보았지만 역부족이었고 주위의 도움을 십시일반 얻어 겨우 발사 비용을 마련했다고 해. 발사 후 그는 엄청난 스포트라이트를 받을 것이라 생각하며 귀국했지만 정작 그의 생각과는 달리 국내에서의 반응은 뜨뜻미지근한 정도가 아니라 아예 무관심 일변도. 과학에 대한 대중의 무관심을 극적으로 보여주는 쓸쓸한 사건이 되었어.

이렇게 엄청난 업적에도 세상의 관심을 못 받아도 꿈을 위해 적지 않은

노력을 하는 사람이 더 많다는 걸 알아주었으면 해.

물론 내 꿈이 다른 사람의 관심을 받기 위해 이루라는 것은 아냐. 다만 꿈을 이루기 위해 노력이란 것을 하는데 지금 너희의 위치에서 할 수 있는 것이 공부밖에 없다고 생각해. 그래서 원하는 대학에서 꿈에 가까운 학문을 배울 수 있을 거니깐.

성적은 롤러코스터다

공부를 하다 보면 항상 잘 되는 것이 아니라는 건 알지? 놀이 기구 중에 롤러코스터를 타본 적이 있을 거야. 성적이 롤러코스터처럼 올라갈 때가 있으면 내려올 때도 있고 그럴 때마다 너의 마음도 롤러코스터처럼 하늘을 올랐다가 땅이 꺼질듯한 마음이 생길거야.

그렇지만 끝날 때까지 즐기는거야. 소리도 지르고 울기도 하고 웃기도 하겠지만 중간에 포기하지 않고 너의 인생에 한 부분을 장식하길 바라.

이렇게 글을 쓰면서 공부만 정말 잘해야 하나? 그런 생각도 들겠지만 정말 내가 하고 싶은 말은 성적이 부족해서 가고자 하는 방향을 잡지 못해 흐지부지 보내지 않았으면 해. 물론 성적이 낮을 수도 있지만 후회하지 않도록 어떤 선택에도 후회는 항상 생기지만 삶의 선배로 좀 더 적은 후회를 하길 바라는 마음으로 지금의 자리에서 공부를 열심히 하자는 마음이야.

보통 대학까지 12년을 공부한다고 하면 이제 그 반환점을 넘어가는 너희가 좀 더 힘을 내서 남은 시간도 파이팅 하길 바라.

공부
왜 필요한가?

김현민_최서연 엄마

학생들에게 공부가 필요하다고 하면 너무 고리타분할지도 모른다. 그러나 공부는 필요하다. 인생을 먼저 산 선배로서 학생들에게 몇 가지 당부를 하고자 한다.

1. 인생은 오직 한 번뿐

너무 뻔한 얘기다. 학생들은 행복은 성적순이 아니라고 한다. 물론 틀린 말은 아니다. 그럼 행복은 무엇인가. 오십 가까이 살아온 나로서는 일상이라고 말하고 싶다. 내가 하고 싶은 일을 하고 가족들과 외식도 하고 적당한 문화생활 취미생활도 하고 행복이 먼 곳에 있는 것이 아니라 평범한 일상에 있다고 한다면 이 일상을 지키는 힘이 어디에서 올까. 지금 학생들이 평범하게 학교에 다니고 굶지 않는 모든 것은 부모의 경제력이 바탕이다. 팔십 년을 산다고 봤을 때 이십 년간의 노력으로 나머지 육십 년의 인생이 바

꿔는 것이다. 경제력이 학력에서 온다고 볼 수는 없지만 최소한의 힘은 갖춰지니까.

이런 얘기를 하면 학생들은 멀게만 느껴지는가. 아마 학생들도 알고는 있다. 공부는 하기 싫고 무슨 의미가 있을지도 잘 모르겠고, 하지만 공부를 안 해도 어딘가 당당하지 못하고 남모를 부담감은 항상 있을 것이다. 자신이 공부를 해야 한다는 것은 본인도 알고 있으므로.

2. 공부가 가장 쉽다

인생을 살아보면 공부가 가장 쉽다고 한다. 그만큼 사회생활은 내가 마음먹은 대로 되는 것이 아니다. 타고난 혈연, 지연, 학연이 나를 힘들게 하고 흔히들 말하는 이른바 백이 없으면 승진도 힘들다. 나도 백이 없어 동기들보다 승진에서 뒤져 있다. 그것은 나의 노력으로 어쩔 수 없다. 단념하는 수밖에... 그러니 내 힘으로 할 수 있는 것은 오로지 공부를 해서 학벌을 쌓는 수밖에.

3. 잘해야 재미가 있다

공부가 힘든 이유는 재미가 없어서일까? 공부의 재미는 참을성에서 판가름 난다고 생각한다. 잘할 때까지는 지루하고 힘들 수밖에 없다. 그러나 우리가 게임을 시작한다고 할 때 처음부터 잘하는 사람은 없다. 룰도 모르고 스킬도 모르고. 그래도 로그인해서 지루하고 재미없는 삽질도 하고 잘하는 사람에게 물어보기도 하고 어깨너머로 보기도 하면서 점점 잘하게 되면 너무너무 재밌고 헤어 나올 수 없을 만큼 흥미진진해지는 것처럼 공부도 처음에는 힘들고 지루할 수밖에 없다. 그러나 힘들고 지루한 순간이 지

나면 모르는 것을 알게 되는 기쁨, 몰랐던 문제를 해결했을 때의 희열을 느끼게 될 것이다. 이 희열은 어떤 희열보다 크며 가장 빛나는 한순간으로 가슴 깊이 새겨지게 된다. 열심히 하는데 공부가 잘 안 돼요 하는 경우가 종종 있다. 옆에서 누가 열심히 한다고 하는 것은 필요 없다. 본인 스스로에게 정말 열심히 공부했는지 반문해 보라. 본인이 가장 잘 안다. 공부하려고 하는데 딴 생각이 나고 왜 해야 하는지 모르겠고. 모든 것은 마음가짐이다. 내가 공부할 마음이 없기 때문이다. 성적이 떨어졌다면 학원을 바꾸는 것이 아니라 내가 수업 듣는 방식을 바꿔야 하는 것이다. 내가 똑바로 듣기만 하면 어떤 수업이라도 최고의 수업이 될 수 있다.

4. 공부는 나를 단련시킨다

힘든 공부는 참을성을 키우고 영혼이 강한 사람으로 만든다. 힘든 경험을 해보지 않고서는 나 스스로를 단련시킬 수 없다. 마음을 다지고 강하고 단단하게 단련시켜야 나에게 어떠한 시련이 와도 견딜 수 있다. 모든 과목은 다 배울만한 이유가 있다.

5. 적성, 진로

우리 사회는 중고등학교부터 적성을 따지고 진로를 정해서 공부하고 대학을 정하라고 한다.

나도 아직 적성을 모르고 내가 뭘 잘하는지 잘 모른다. 다만 내가 좋아하는 과목, 싫어하는 과목 정도 알뿐이다. 공부를 해야만 내가 어떤 과목에 재미가 있고 흥미를 느끼며 장래 내가 어떤 직업을 가지고 생활할 것인지 목표를 설정하게 된다. 나중에 생활고 때문에 하기 싫은 일을 한다면 정

말 힘들 것이다. 다른 여러 가지 경험을 해보면 좋겠으나 사실 힘든 일이다. 공부도 하고 여러 분야의 책도 접해보고 나의 적성을 알려고 노력해야만 정말 좋아하는 것을 찾을 수 있다.

여러 이야기를 했으나 결론은 단 한 가지이다. 공부를 할 수 있을 때 열심히 해야 한다. 나도 잘하지 못했지만 지나고 나서 후회한들 소용이 없다. 공부가 학교 공부일 수도 있고 다른 공부일 수도 있다. 힘들지만 지금 하지 않으면 안 된다.

공부

유채윤_이나은 엄마

엄마가 되면서 뱃속에 있는 아기에게 태교를 하게 된다. 그때부터 공부라는 걸 하는 것 같다. 엄마는 우리 아가가 머리가 좋고 건강한 아이로 태어나길 바란다.

그리고 태어난 아기들에게 엄만 엄마 아빠라는 단어를 가르쳐 준다.

우리는 이미 이런 부분에서 공부를 하는 것 같다.

나 역시 그랬던 것 같다.

우리 아기는 아직 말도 못 하는데 맘마라는 말을 했다면서 무척이나 똑똑하다고 천재라고 사람들에게 자랑을 한다.

그러면서 미래를 위해 남들보다 공부를 더 많이 하길 원하고 그래야 더 좋은 학교와 미래가 있다고 아이에게 다그친다.

우리 아이는 많은 걸 줘도 습득을 하지 못하는데

마라톤처럼 나는 자꾸 빨리 뛰라고 한다.

네가 금방 지칠 걸 알면서도 왜 이리 다그치는지 미안하구나.

그래야 남들보다 더 나은 미래가 있다고

너의 역할은 네 나이에 맞게 공부를 해야 된다고

너에게 엄마가 잔소리꾼이 되어 가네.

하지만 너의 꿈을 이루기 위해

더 많이 공부를 해야 된단다.

힘내! 너의 꿈을 응원한다!

친구

친구에게 지나치게 집착하는 내 아이가

이해가지 않을 때도 있지만 한편으로

돌이켜보면 친구와 함께 웃고 울며 지냈던

나의 학창 시절을 되돌아보게 된다.

너희들에게도 죽을만큼 소중한 친구가 있듯이

나에게도 잊을 수 없는 소중한 친구가 있단다.

오늘은 엄마의 친구 이야기를 들려줄게.

친구란
나의 분신이다

김옥순_김희윤 엄마

친구의 조건

나에게는 몇몇 친구가 있다.

바쁜 일상 중에도 가끔 톡을 건네거나 억울한 일, 속상한 일을 꺼내어 하소연할 수 있다. 분명 이때 말하는 '친구'에는 공통의 조건들이 있다.

오래 사귀었다고 해서 혹은 곁에 있다고 해서 '친구'가 되는 건 아닌 것 같다. 여러 가지 다양한 '친구의 조건'이 있지만, 현재 가장 중요한 조건은 사물이나 현상을 보는 관점이 나와 비슷하냐는 것이다. 같은 현상이나 사물을 보아도 사람들은 제각각 다른 생각을 하고 해석을 하므로 '사물이나 현상을 보는 관점'이 친구가 될 수 있는 중요한 조건이 되는 것이다.

친구와 나는 어떻게 인연을 맺을 수 있었을까? 삶의 마디마디에서 서로를 끌어당기는 힘이 작용했던 것일까? 친구와는 분명 다른 점도 있지만, 그 다

름 속에서 좋아할 수 있는 부분이
있었기에 많이 끌렸던 거 같다. 내
가 친구에게 맞추어 온 것도 있고
친구도 내가 익숙하지 않았겠지만
결국 우리는 조심조심 서로를 이
해하고 대화가 통하는 사이가 되
었다.

친구가 내 생일날 선물해 주었던 노래 CD들. 당시
의 감성이 담긴 소중한 선물이다.

친구라는 건...

고등학교 시절, 학교 5층에 기숙사가 있어 몇몇 친구들과 함께 기숙 생활
을 하였다. 이제 갓 17살이 된 여고생들끼리 모여 함께 자고, 밥 먹고, 공부하
며 다사다난한 3년을 보내었다.

생애 처음 가족에게서 벗어난 우리들, 하루하루가 수학여행처럼 즐겁기만
했으랴.... 가족을 떠난 외로움과 처음 겪어보는 단체 생활의 낯섦에 마음이
상하기도 하고 싸우고 또 화해도 하고 그렇게 친구가 되었다.

그 중 애슐리(해외 생활을 하더니 자신을 애슐리라 칭했다)라는 친구가 있
는데 참 여행을 좋아했더랬다. 영문학을 전공해 과외를 해서 돈을 꽤 벌었는
데 버는 족족 해외 배낭여행을 다녔다. 내가 사회생활하고 결혼하고 아이를
낳고 육아에 빠져 허우적거릴 때 친구는 세계 곳곳을 여행하다 스페인에 있
는 『까미노 데 산티아고(순례자의 길)』에 푹 빠져 사라우츠라는 바스크 지방
에 정착을 했다. 몇 년의 적응 기간과 약간의 부적응으로 인해 다시 입국하기
도 했지만 지금은 그곳 생활에 그럭저럭 잘 적응하고 있다. 7시간 시차 있어
대화하기가 힘들지만 선문답하듯이 일상을 공유한다. 그곳의 상황을 사진으

로 보내거나 다양한 현상에 대해 억울함과 울분을 토하곤 한다. 친구를 통해 나는 인연에도 없는 스페인의 작은 마을을 친숙하게 바라보고, 친구 역시 나를 통해 대한민국 40대 주부의 삶을 깨닫곤 하는 것이다. 친구의 삶과 내 삶에 접점이 있을지 의문이지만 아침에 들어와 있는 친구의 톡이 반갑고 한 번씩 입국하여 대구까지 와 주면 어제 봤던 사이처럼 반갑고 좋기만 하다.

　타지 생활이 마냥 환상적 일리만은 없겠지만 일상에 갇힌 나에겐 친구의 자유로운 삶이 부러울 때가 있다.
　그러면 나는 혼자 속삭여 본다.
　"친구야 너는 나의 분신이야. 그곳에서 열심히 건강하게 잘 살아서 너의 꿈을 펼쳐 보렴."

친구는
또 다른 나이다

정세진_손혜윤 엄마

중학교 3학년 때, 나의 단짝 친구였던 보경이는 공부를 아주 잘했다. 그냥 잘한 것이 아니라 천재였던 것 같다. 수업시간이면 늘 장난을 치고 교과서에 그림을 그리고 같이 졸기도 했지만, 보경이는 언제나 전교 1등이었다. 나중에 알고 보니 어려운 수학 문제를 눈으로 풀 정도로 머리가 좋았다. 보경이는 범물동에, 나는 산격동에 살아서 집에 가는 길은 반대 방향이었지만 우리는 학교 근처를 배회하며 함께 즐거운 시간을 보내곤 했다. 그러던 어느 날 보경이가 나에게 편지 한 장을 주었다. 거기에는 이렇게 쓰여 있었다.

'하느님이 너를 눈물로 기다리고 있단다.'

그 짧은 한마디를 읽는 그 순간 나는 정말이지 전에 느껴보지 못한 감정을 느꼈다. 누군가가 나를 기다리고 있다는, 그냥도 아니고 눈물로 기다리

고 있다는 사실. 그때부터 내 마음속에 신앙이 자리 잡기 시작한 것 같다. 보경이는 내가 성당에 나갔으면 좋겠다고 했고 나는 고1 방학 때 산격성당 예비자 교리반에 등록을 했다. 그런데 사건이 하나 생겼다. 지금도 술을 먹지 못하는 나에게 성당 친구들이 술을 먹였다. 나는 조금의 충격을 받고 성당에 다니지 않게 되었고, 고3 때부터 동네 친구와 함께 교회에 다니게 되었다(그때부터 나는 아주 열심한 신자가 되어서 스물 여섯살이 될 때까지 한 번도 교회에 빠진 적이 없었다).

스무 살이 되던 해에, 보경이는 서강대 공대에 진학했다가 휴학을 하고 재수로 가톨릭대 의대에 들어갔다. 우리는 여전히 둘도 없는 친구였다. 보경이의 남동생은 신학대에, 여동생은 수녀원에 들어갔고, 그녀는 성직자가 된 동생들 대신에 아이를 넷쯤은 낳아야겠다고 말했다. 그러던 어느 날 그녀가 본과 4학년이 되었을 때쯤 용소막성당으로 피정을 갔고 거기서 좀 쉬다가 와야겠다고 했다. 그리고 1년 정도 있다가 그녀는 충북 제천에 있는 도미니코봉쇄수도원에 입소를 했다. 그때 나는 봉쇄수녀원이 뭘 하는 곳인지도 몰랐기에 의사가 아닌 수녀가 된 내 친구에게 적지 않은 충격을 받았다. '나의 가장 친한 친구에게 내가 모르는 비밀이 있었나?' 하는 의구심까지 들었다. 수도원 입소 하루 전날 그녀는 나를 도미니코수도원 근처의 공소인 용소막성당으로 초대했다.

시골성당 앞, 깜깜한 밤 수많은 별빛이 모습을 드러낸 그 밤에 내 친구는 내게 말했다.

"나는 네가 성당에 다녔으면 좋겠어. 우리 엄마가 네 대모님이 되어 주실거고, 네 세례명은 소화데레사로 지으면 좋겠어. 소화데레사는 내가 가장 좋아하는 성인이거든!"

내가 본 그녀의 모습 중에 가장 행복한 모습으로 그녀는 내 앞에 서 있었다. '아! 내 친구는 내가 모르는 사연이 있어서, 혹은 의대 공부가 힘들어서 수녀원에 가려는게 아니구나! 그녀는 그녀에게 있어 가장 행복한 길을 찾았구나!' 하는 생각을 하며 대구로 돌아와 성당에 다니게 되었다. 그리고 나의 세례명은 소화데레사가 되었고, 나의 대모님은 보경이의 어머님이 되어 주셨다.

그 후 12년 동안 나는 그녀를 한 번도 만나지 못했다. 봉쇄수도원이라는 곳은 입소 후 12년 뒤에 종신서원이라는 것을 하는데 종신서원을 하기 전까지는 외부인과 면회를 할 수 없기 때문이다.

12년의 세월이 흐른 후, 종신서원을 하는 날, 나는 그녀를 만나기 위해 도미니코수도원으로 갔다. 그리고 짧은 면회를 할 수 있었다. 그리고 그녀가 건넨 한마디.

"널 위해 매일 기도했어!"

그 순간 나에게는 알 수 없는 부끄러움이 밀려와 눈물이 왈칵 쏟아졌다. 누군가의 기도 덕분에 나는 하루하루 무사히 잘 지냈던 것이었구나! 그리고 그녀와 떨어져 있던 12년의 시간들이 머릿속에 스쳐 지나갔다. 간절히 바라던 회사에 입사한 일, 아이 셋을 연년생으로 낳으면서 말 못하게 아팠지만 씩씩하게 견뎌온 일, 직장 상사와의 트러블, 투자 실패, 우수사원으로 선정된 일 등등. 내가 성취한 것들, 견디기 힘들었지만 꿋꿋하게 견뎌왔던 일들, 그런 모든 일들이 내가 잘해서 성취했고, 내가 씩씩해서 잘 견뎌 냈다고 생각해왔던 내 자신이 부끄러웠다.

그녀가 수녀원에 입소한 후로 그녀를 만난 적이 다섯 번도 되지 않지만, 그녀는 언제나 내 곁에서 나를 지켜준다. 친구는 또 다른 나이다.

친구는 아련한 동심을 기억하게 한다

정수진_권영서 엄마

친구라는 주제로 정말 많은 시간을 고민했다.

친구란…

그 얘기에 대해 쓰려니 너무 막막했다. 친구란 개념부터가 너무나 넓고 방대한 것으로 여겨져서 말이다.

어릴 적 나에게는 '학교 다녀왔습니다.'라며 던진 가방과 함께 '나 놀러간다.'는 세트였고, '수진아, 밥 먹어.'라는 소리로 내일을 기약할 수밖에 없었던 친구들이 늘 함께였다. 때로는 그도 아쉬워 야밤(?) 탈출을 감행했고, 친구들과 함께 한 다방구며, 숨바꼭질이 그렇게 재미있을 수가 없었다.

시간이 지나 뿔뿔이 흩어진 그 친구들도 아련함으로 미소가 띄워지는 추억으로 이 기억을 간직하고 있을까?

나는 매우 활동적인 아이였던 것 같다. 때로는 혼자 탐험가를 자처하며,

넘쳐흐르는 상상을 하며 온동네 골목골목을 돌아다녔고, 함께 한 친구가 한 명이라도 있을라치면, 그 상상은 나래를 펼치며 더 즐거워지곤 했다.

영서가 어렸을 때 캠핑을 시작했다. 영서가 7살 때인가 학암포 캠핑장이었던 걸로 기억이 되는데, 유독 그때 캠핑장에는 영서 또래 아이들이 많았고 쉽게 친해져서 무리를 지어서는 늦은 밤까지 이 텐트, 저 텐트를 들락거리며 즐겁게 놀았었다. 내 어릴 적에는 일상이었던 놀이가 그때 영서에게는 너무도 특별한 것이었는데, 그도 그럴 것이 그 늦은 시간에 친구들과 몰려다니며 자유롭게 한 즐거운 경험의 공유가, 지금은 너무도 이질적이고 걱정을 끼치는 위험한 것이 되어 버렸기 때문이다. 그 날 학암포 패거리(?)들도 어렸을 때의 나처럼 멀리서 들려오는 "○○야~" 누군가의 엄마인 그 목소리들로 아쉬움을 뒤로하고 헤어졌더랬다. 비록 영서는 어떻게 기억할는지 모르겠지만 그때만은 무지 아쉬워하고 속상해 했었다.

어릴 적 함께 한 친구들 모두를 명확히 떠올릴 순 없다. 이름이 기억나면 얼굴이 가물거리고, 함께한 놀이는 기억이 나는데 그 친구의 얼굴도 이름도 전혀 떠오르지 않는 경우도 있다. 물론, 현재까지도 좋은 인연으로 우정을 나누고 있는 친구들도 있지만 말이다. 자꾸 떠오르는 건 어릴 적 친구들과 함께였던 시간이고, 경험이고, 추억의 단편들이었고, 초등학교·중학교·고등학교 친구들 중 인연이 끊어져 연락이 닿지 않아 가슴 저편에서 기억으로만 추억하는 친구들에 대한 그리움이었다.

아마도 아쉬움이지 않을까? 어려서 잘 몰랐고, 바빠서 무심했다. 환경이 바뀜에 인연도, 내 삶에서의 친구의 비중도 변해 갔지만 그 소중한 기억들은 언제든지 내가 꺼내 옅은 미소를 띄우며 추억할 수 있는 아련한 동심에 대한 그리움이다.

친구는
나와 닮은꼴이다

박원주_전수빈 엄마

제1화 미안해 미영아!

초등학교 4학년 단짝 친구 미영이. 아직도 그 이름만 떠올리면 마음이 아프고 미안해지는 친구 송미영! 내 친구 미영이는 발표도 잘하고 친구들을 잘 챙기던 아이였다. 예쁘지는 않았지만 밝고 똑똑한 미영이를 선생님도 예뻐하셨고 나도 좋아했다.

또 다른 친구 정정희. 머리가 긴 정희는 피아노를 잘 쳤다. 피아노를 양손으로 잘 치는 정희가 대단해 보였고 나는 정희와 친하게 지내고 싶었다.

어느 날 정희가 몇몇 여자아이들을 모아 놓고 얘기했다.

"미영이랑 놀지 마!"

"미영이랑 놀면 우리 집에 안 데리고 갈 거야!"

나는 미영이가 싫은 게 아니지만 어쩔 수 없었다. 미영이와 얘기하고 같이 놀면 정희와 희정이와 민경이 집에도 놀러 갈 수가 없게 된다. 봉봉도

같이 탈 수 없었고 정글짐도 같이 할 수 없게 될까 봐 고민했다. 비겁하지만 미영이와 그냥 말을 하지 않았다. 지금 생각해 보면 따돌림에 동참했던 거였다. 미영이를 괴롭히지도 않았고, 때리지도 않았지만, 미영이를 못 본 체했고 어린 미영이에게 상처를 주었다.

시간이 많이 지난 지금도 마음이 아프다. 소신 있게 행동하지 못한 것에 후회가 되고 내 친구 미영이의 단짝이 되어 주지 못한 것이 후회된다.

길 가다가도 한번은 만나고 싶은 그리운 친구, 미영이! 마음 아픈 이름 내 친구 송미영이다.

제2화 오늘은 곗날

오늘은 곗날! 고등학교 친구 네 명이 4개월에 한 번 만나는 모임 날이다.

애들 키운다고 몇 년 동안 보지도 못하고 지내다 애들이 초등학교를 들어가 학부모가 되어서야 애들 데리고 같이 만나게 된 우리들. 애들이 중학교에 가고부터는 애들 놔두고 우리끼리 만나는 모임이 되었다.

애들 데리고 만날 때는 애들 챙기느라 정신이 없어서 만나도 우리 얘기를 못 했는데 요즘은 4개월에 한 번씩 힐링하는 것 같다. 아직 집마다 애들이 학생이라서 하루 이상 집을 비울 수가 없다. 우리끼리 만나도 밥 한 끼에 수다 떨다 헤어지는 게 다이지만 나이가 더 들면 멀리 여행도 같이 가고 싶은 친구들이다.

몇 달 안 본 사이 은진이가 살이 많이 찐 것 같다. 남편 사업이 잘 안되어서 마음고생을 많이 했는지 갑상선에 이상이 생겨 그 후유증으로 살이 자꾸 찐다는 거다. 키도 비슷해서 고등학교 1학년 때 나랑 짝꿍이었던 내 친구 은진이. 고등학교 3년 내내 친하게 지냈고 서클 활동도 같이 했고 집에 오는 방향도 비슷해서 버스도 같이 타고 다녔다. 성적도 비슷해서 대학도 같은 학교에 가게 된 내 친구 은진이.

어쩌다 보니 결혼도 한 달 차이 나게 같은 해에 하고, 임신도 비슷한 시기에 해서 산부인과도 같이 다녔다. 애들 나이도 똑같아서 애들 어릴 때는 병원도, 체험도 같이 다녔던 친구다. 감기 한번 안 걸리던 친구가 결혼해서 생활이 힘들고 몸이 아프다고 하니 자꾸 마음이 쓰이고 걱정이 된다. 도움을 요청하면 뭐든 도와주고 싶은 친구다.

후다닥~시간이 참 빨리 간다.

학교 마치자마자 시내 놀러 가려고 사복을 학교 교문 앞 문구점에 맡겨놓던 그때가 엊그제 같은데, 벌써 우리가 낳은 애들이 교복을 입고 학교에 다니고 있다.

민정이 딸은 이번에 고3이라서 수시 원서를 냈다고 한다. 공부를 잘한다고 들었는데 늦은 사춘기가 왔는지 고3 때 공부를 안 해서 내신이 좀 떨어졌다며 속상해했다. 담임 선생님과 아이와도 충분히 상의해서 간호학과에 수시 지원했는데 갑자기 딸내미가 적성에 안 맞을 것 같다며 수시 면접을 보러 가지 않으려 해서 딸도 울고 엄마도 울고…… 한바탕 전쟁을 치렀다고 한다. 남의 얘기 같지 않아서 우리 집도 슬슬 걱정이 된다.

우리 넷 중에서 제일 날씬하고 예뻤던 진숙이.

학교 다닐 때 남자는 물론 여자 후배들한테까지 인기가 많았던 진숙이가

또 집을 샀다고 한다. 완~전~좋겠다. 부럽다.

"야~ 가시나야~ 좋겠다~ 축하한당~"

"아니야, 대출받아서 산 거야."

"대출은 아무나 받나?"

저마다 부러움에 한마디씩 던졌다. 벌써 수성구에 집이 두 채다.

학교 다닐 때 공부는 은진이가 제일 잘했었는데... 대학 들어갈 때 우리 중에서 진숙이만 재수했었는데... 지금은 우리 중에서 제일 잘나간다. 대기업 정규직 좋은 직장에, 수입 차 트렁크에 골프채 가방 넣어 다니는, 우리 중에서 제일 여유가 있는 친구다.

하지만 부러운 건 부러운 거고~ 우리는 축하해줬다.

내 친구 진숙이는 모임에 나와서 잘사는 것을 얄밉게 자랑하지 않는 착한 친구다. 다른 친구들 형편에 자존심 상해 할 그런 말들을 하지 않는 마음 따뜻한 친구다. 만나면 그냥 시댁 이야기 같이 나누며 속 풀고, 애들 자라나는 얘기하며 같이 고민하고 그런다.

오래된 친구는 그런 것 같다.

어릴 때 철없던 시절에 만나 아무것도 아닌 것에도 낄낄거리며 배가 아플 정도로 웃고 떠들던 풋풋했던 그때. 웃다가 버스 운전기사님께 야단 듣고도 또 웃음이 나던 그 시절. 앞자리 앉은 아주머니께서 야단 듣고도 또 웃고 떠드는 우릴 보며 하신 말씀.

"그래, 말 똥 떨어지는 것만 봐도 우스울 때다~"

버스에서 자리 하나 생겨서 앉게 되면 앉은 친구 키보다 더 높이 가방을 벗어서 쌓아 놀리던 우리들.

별거 아닌 것에 싸우고 화해하고, 나와 싸운 동안 다른 친구와 친해져 있음에 서운해서 또 싸우면서도 쉬는 시간이면 매점을 향해 함께 뛰던 우리들.

시험 기간이면 공부 핑계로 모여서 수다를 떨다 함께 졸던 그 시절.

진로를 고민하고 연애사를 들어주고 음주·가무를 함께 배우며 어른이 되어가던 우리들.

마음은 늘 그때처럼 풋풋하고 어린데 조금씩 나이 들어가고 있음에 서글픈 우리들.

이제 만나면 옛날얘기보다 애들 얘기, 남편 얘기가 더 많아지고 있는 우리들.

건강하게 예쁘게 나이 들어가는 내 친구들.

친구는 ㅍㅏㅌ ㅣㄷㅏ

김현민_최서연 엄마

2016년 4월 23일 날씨 맑음

설레고 설레는 친구들과 2박 3일 일본 여행의 날이 밝았다. 10대에 만나 40 중반이 될 때까지 함께 한 친구들이랑 첫 해외여행이다. 새벽 6시 반, 김해공항으로 출발하는 고속버스 터미널에 집합했다. 우리 친구들 말고도 많은 사람들이 시끌벅적하게 모여 있었다.

"애들아, 내 모자 봐라. 어때?"

"나는 네일 했다."

모자, 선글라스 자랑에 네일했다고 손 내미는 친구도 있었다. 모두들 흥분을 감추지 못하고 있었다. 오키나와까지는 두 시간 정도 비행기를 탔는데 기내식까지 챙겨 먹어서 배가 빵빵해졌다. 모두들 일본 음식은 느끼하다며 기내식으로 나온 고추장을 챙겨 넣었다. 오키나와 공항에 도착해 현지 가이드와 만났다. 가방은 모두 차에 싣고 관광에 나섰다. 첫 관광은 슈

리성터부터였다. 가이드의 설명을 들으며 한적한 성터를 걸어가는데 모두들 즐거움을 감추지 못했다. 어딜가나 엄청 웃고 시끄럽게 다녔다. 일찍 관광을 끝내고 호텔에 도착해 씻고 한 방에 모였다. 우리들의 여행을 축하하는 와인을 한 잔씩 하면서 즐거운 얘기가 끝나지 않았다. 얼굴에 마스크 팩을 붙이고 사진도 찍고 모두 잠잘 생각이 없어 보였다.

2016년 4월 24일 날씨 맑음

여행 둘째 날이 밝았다. 날씨는 너무 좋았다. 아침은 호텔 조식을 먹었는데 미국식, 일본식, 동남아식으로 뷔페였다. 나는 커피에 빵을 먹었는데 친구들은 엄청 잘 먹었다. 여러 나라 음식을 골고루 가져와 맛을 보았다. 나는 역시  한국식이 최고. 다른 나라 음식은 입맛에 맞지 않았다. 오늘은 여러 곳을 방문했는데 가장 인상적인 곳은 만좌모였다. 바다를 끼고 있는 넓은 벌판인데 깎아지는 듯한 석회암의 단면 위에 넓은 잔디밭이 있어 꼭 누군가 만들어 놓은 공원 같다. 만좌모라는 이름은 '1만 명이 앉아도 충분할 정도로 넓다.' 하여 붙여진 것이다. 옆에서 보면 코끼리 모양의 단층과 기암의 모습이 빼어나다. 만좌모를 가로지르는 평원을 친구들과 걸으며 바람도 맞고 사진 찍고 얘기하며 다른 어디에서도 없었던 즐거운 시간을 보냈다. 혼자만 갔다면 만좌모가 가장 인상적이진 않았을 것이다. 이곳이 인상적인 이유가 같이 있었기 때문이 아닐까.

저녁은 유명한 스테이크 철판 구이집에 가서 먹고 호텔로 돌아왔다. 어제 못 가본 수영장에 가기 위해서였다. 여름이 아니어서인지 수영장엔 사람이 없었다. 수영장 안에서도 사진 찍느라고 수영은 뒷전, 우리끼리여서 맘 놓고 웃고 떠들었다.

2016년 4월 25일 날씨 맑음

여행의 마지막 날이다. 일찍 모여 츄라우미 수족관에 갔다. 돌고래 쇼를 보기 위해서였다. 돌고래 쇼를 보기 위해 많은 관광객이 있었다. 보면서 신기하기도 했지만 좁은 수족관에 사는 돌고래에게 안쓰러움을 느끼기도 했다. 돌아오는 비행기 안은 조용하면서도 아쉬움, 나른함이 있었다. 이번 여행은 일상에서의 탈출, 엄마로서 직장인으로서만 생활하다가 온전히 나로서 보낸 시간이었다. 우리 친구들 모두 각자의 짐을 놓고 자기만의 시간이었을 것이다.

아마 죽을 때까지 잊히지 않을 여행이리라. 나의 인생에서 가장 즐거운 파티였다.

친구들아, 우리 늙어서도 서로 즐거움이 되어주자!!

세상을 살아가는 또 다른 나

강현숙_김아영 엄마

나의 사랑하는 아이야!

세상은 말이야 혼자서 못 산다는 건 누구나 알고 있고 더불어 살아간다는 것은 알고 있지. 그러나 더불어 살아간다고 세상이 너에게 호의를 베풀진 않아. 모진 풍랑처럼 너를 할퀴고 상처를 내겠지. 때론 세상에 혼자 남겨진 것처럼 외롭고 앞이 보이질 않을 때가 있을 거야. 그럴 때마다 너의 곁에 서서 막아 주고 보듬어 주고 싶지만 넌 커 가면서 점점 더 엄마에게 의지할 수 없을지도 모른단다. 누군가 너의 이야기를 듣고 공감해 주며 같이 아파해 주는 사람이 보고 싶을 때 그때 넌 친구를 찾고 있을 지도 모른단다. 너의 곁에 있는 친구 또한 너와 다르지 않단다. 너보다 더 힘들 수도 있고 남들이 주는 모진 상처에 아파하고 있을지도 모른단다. 너와 비슷한 경험을 가진 친구라는 상대가 어쩌면 엄마보다 더 보고 싶은 사람일 수 도 있을 거야.

지금은 난 아닌데? 내 친구는 그렇지 않은데? 난 그럴 일 없을 거 같은

데? 라며 아니라고 부정할 수도 있겠구나. 아이야 학교에서 만나는 친구만이 친구의 다가 아니란다. 고등학교에 진학해서 죽마고우 같은 친구를 만날 수도 있고 더 넓은 세상을 접하게 되면 꼭 동갑이 아니더라도 기쁠 때나 슬플 때 연락하고 싶은 상대를 만나게 될 거야.

왜 친구가 세상에 살아가는 또 다른 나일까? 만약 네가 어떠한 순간을 같이 나누고 싶을 때에 특정한 친구가 떠오른다면 그 친구 또한 너와 같을 수 있을 거야. 네가 겪은 일이 그 친구도 비슷한 일을 겪어본 상황일 수도 있고 네가 고민하고 방황할 때 그 친구도 같은 상황이거나 지나봐왔을 거란다. 아니면 특정한 성격이나 성향이 맞는 친구일 수도 있듯이 '저 친구는 나랑 잘 통한다'라고 느끼는 순간이 올 수 있을 거란다. 엄마가 생각하기에는 그러한 친구를 만나게 되었을 때 어쩌면 넌 그 상대에게서 또 다른 나라고 비추어 볼 거란다. 그래서 엄마가 생각하기에 친구는 살아가는 또 다른 나라고 생각한단다.

아이야, 네가 성장하면서 세상도 넓어질 거란다. 다양한 사람을 만나보게 되는데 바람처럼 스쳐지나 갈 수도 있고 태풍처럼 너에게 비바람을 겪게 해줄 사람을 만나 볼 수도 있을 거란다. 때론 믿었던 사람인 친구일 수도 있겠지? 그런 사람에게서 상처를 받고 눈물을 쏟아낼 수도 있고 심하면 배신을 당할 수도 있을 거란다. 그렇다고 친구를 사귀지 말라는 말이 아니란다. 되도록 많은 사람을 만나서 다양한 친구를 만나고 사귀게 되면서 너 스스로 마음이 튼튼해지고 성장해 갈 수 있으면 좋겠단다. 물론 친구 때문에 속상하고 싸우고 되돌아갈 수 없는 사이로 끝날 수도 있을 거란다. 그래도 그러한 경험을 디딤돌삼아 사람을 만나고 상대하는 것에서 두려워하지 말고 계속 도전하는 아이였으면 좋겠구나. 너의 주의에 아름다운 친구가 많기를 바란단다.

반짝반짝

유채윤_이나은 엄마

반짝반짝하는 친구야

나의 맘이

어두울 때

언제나 반짝반짝거리면서
내 곁에 있어준
나의 친구 별
너는 늘 내 곁에 있는 별
기쁘고 슬프고 행복할 때
반짝반짝거리면서
내 곁에 있어 준 너!
토네이도가 온 세상을 삼켜도
넌 반짝반짝거릴 거야!
내 친구 세나야……
너의 빛으로 나는 많은 용기를 얻게 된다.
고마워 그리고 나의 친구가
항상 웃는 모습으로
남길 바란다.

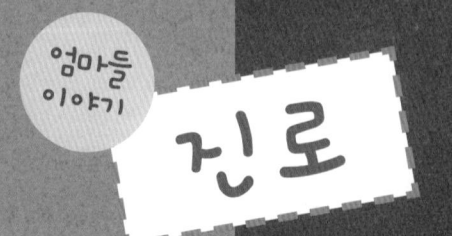

진로

험난한 세상을 살아 갈 때 우리 아이는 어떤

직업을 가지고 살아갈까? 문득 자다가

아이들 미래 걱정을 하면 잠을 이룰 수 없다.

뉴스에는 취업하기가 그렇게 힘들다던데

우리 아이들이 취업할 때는 나아질까?

행복하게 살았으면 좋겠는데... 엄마들의

걱정이 아이들에게 고스란히 전해질까?

꿈은 있니라는 질문이 내 아이에게 짐으로

다가갈까 미안하고 또 한편으론 걱정되는

엄마들의 이야기를 들어보자.

꿈

정수진_권영서 엄마

　내 어릴 적 꿈은 선생님이었다. 글쓰는 선생님. 사람들 앞에 서서 발표하고 내가 알고 있는 것을 알리는 행위(?)에 매력을 느꼈었던 것 같다.

　정규 과정으로 선생님이 될 수는 없었지만 다른 길로 돌아 대학 강사로 강단에 섰을 때-그러니까 나의 직업이 되었을 때-나는 이것이 나와는 잘 맞지 않다는 느낌을 지울 수가 없었다. 왜일까? 가르치면서 느끼는 즐거운 감정 보다는 불편감과 부담이 더 컸을까? 돌이켜 보면 강의 상황 내내 그랬던 건 아니니까, 강의 전 걸음이 내내 무거웠던 건 아니었다. 그럼 무엇이 달랐던 것일까? 나는 내 수업을 듣는 사람들이 지루해하거나 다른 행동을 하는 등의 부정적인 피드백을 처리하는 것이 미숙했고, 그래서 너무 힘들었던 것 같다. 특강 형식의 강의나 대학원, 학부 전공 수업들은 뚜렷한 목적에서 들고자 준비되어 있는 이들이 참석하여 내 말에 귀 기울이고, 또 긍정적인 피드백들이 많았는데, 목적의식 없이 앉아 있는... 예의조차도 없었

던 몇몇 학생들의 수업 태도는 나에게 너무도 힘겨웠던 경험으로 남아 있다. 그즈음 진지하게 고민해 보지 않았나 싶다. 내가 공부한 이유와 앞으로 나아갈 방향과 욕구 등을 말이다.

교사란 어렸을 적 내 꿈 자체가 정말로 내가 바라고 희망했던 것이었을까? 힘든 가정 형편에 안정된 삶을 바라셨던 부모님의 의견이, 인정받고자 했던 어렸을 적 나의 욕구가 그런 착각을 만들어 내어 나의 무의식을 잠식하고 있었던 건 아닐까? 박사 과정을 밟고 있으니 당연히 강의를 해야 정상(?)일 것 같았고, 그렇지 않음은, 그렇지 못함은 무능력과 인정받지 못함의 결과물이고 증거라고 여겨졌었다. 나보다 먼저, 더 많은 강의를 받은 동료, 선배를 질투에 마지않았던 것 또한 내가 정말 강의하는 것을 좋아해서 바랬던 것이었을까 하는 고민을 아주 정말로 진지하게 했었던 것 같다. 그럼에도 불구하고 10년 넘는 시간을 강의를 했지만 말이다. 나는 그만하고 싶은데 그만두면 왜인지 그만큼의 사회적 지위를 잃어버리는 것 같았고 함께 공부한 이들보다는 뒤처지는 느낌이 들어서였다.

하지만 지금 강의를 그만둔 나는 굉장히 편안하다. 나는 다수의 수강생들에게 나의 지식과 경험을 전달하기 보다는 개인 대 개인으로 이루어지는 상담 현장에서 내 역량을 더 떨칠 수 있고 더 큰 만족감으로 나의 자기효능감이 증진됨을 느끼기 때문이다. 그걸 알아채고, 알아챔의 방향에서 만족감을 느끼는 것 또한 쉬운 일은 아니었다. 하지만 지금 나는 내 일에 만족한다.

살아가면서 누구나 때로는 가볍게, 나도 모르는 사이 스며들듯이, 때로는 무겁게 강요와 압박감으로 타인의 기대와 욕구를 나의 꿈에 맞추어 가는 과정을 겪는 것 같다. 꿈은 남이 나에게 일깨워 주고 안내하고 강요해서는 안

되는 것이다. 또한 타인의, 사회적 시선과 판단에 의존해서도 안 될 것이다. 오롯이 나 자신의 욕구를 제대로 살피고 그 욕구를 알아채며 때로는 수정의 필요성에 노력이라는 반응과 함께 성장해 나가야 하지 않을까?

그런 의미에서 나는 꿈을 이룬 멋진 사람인 것 같다.

내가 꾸는 꿈

김옥순_김희윤 엄마

내 고등학교 때 꿈은 역사학자가 되는 것이었다.

아직도 생생하다. 이런저런 상상에 빠져 나만의 세계를 만들고 있었다.

'어떻게 김수로왕의 부인 허황옥은 그 당시의 항해술로 인도에서 배를 타고 가야로 들어올 수 있었지?'

'만주에 가서 광개토대왕비를 꼭 봐야지.'

지도책을 펴놓고 이런저런 사명감에 빠져 혼자 즐거워하곤 했다. 그렇지만 현실은 내가 기대했던 것과는 다르게 흘러갔고 원서를 쓰는 당일 아버지와 큰오빠는 나를 한 번도 생각해 보지 않았던 법학과로 보내 버렸다.

지구에서 조용히 풀 뜯다가 안드로메다로 가버린 기분이었다. 나의 대학생활은 그저 그렇게 재미도 없었고 현학적인 법률 단어와 한자에 짓눌린 4년이었다. 사법시험 공부도 해보았지만 만만치 않은 상대였는데 '사법시험

에 붙으려면 일 년에 논 한 마지기씩 팔면서 공부해야 한다.'라는 말을 뼈저리게 깨달아야 했다.

재빠른 태세 전환이었을까? 그것을 깨달을 무렵 나의 최대 목표는 부모로부터의 경제적 독립이었다. 그래서 휴학계도 내지 않고 4년을 꼬박 학과 사무실에서 석유 나르기와 서류 정리를 하는 부지런을 떨며 대학을 졸업했다. 그리고 뒤도 돌아보지 않고 취업을 하고자 발버둥을 쳤다.

그 후 경제적 자립은 이루었고 결혼을 하고 남편을 만나고 가정을 이루었다. 세 명의 아이를 따라다니다 보니 결국엔 주부로 만족해야 했지만 결코 후회하진 않았다. 워낙 아이들과 함께 보내는 시간이 즐겁기도 하고 다른 생각을 할 시간이 없었기 때문이었다.

그런데 최근 나는 다시 꿈을 꾸기 시작한다. 흔히 10대나 20대에 꾼다는 꿈을 다시 조금씩 생각해 보게 되고 꽤나 설레기도 한다. 어떻게 보면 미래에 대한 계획이라는 표현이 더 적당할는지 모르겠다.

우연히 고려대 러시아학과 석영중 교수의 강의를 듣게 되었는데 강의 주제는 톨스토이와 도스토옙스키의 소설을 중심으로 '인간의 성장과 정의'에 대해 것이었다.

작가의 삶과 소설을 연관 지어 설명을 하는데 간단명료한데다 더할 나위 없이 재미가 있는 강의였다. 작품과 작가에 대한 충분한 이해가 있어야만 가능한 강의였다. 한 분야에서 전문가가 되기까지 단순히 톨스토이에 대한 호감과 작품에 대한 재미만으로는 어려웠을 것이다. 수년간 연구하고 고민하며 러시아의 역사는 물론 문화까지 연구한 것이었다. 그리고 무엇보다 내가 가장 부러워하는 것은 본인이 좋아하는 분야에서 최고의 지식인이 되었다는 것이다. 이 얼마나 근사한가!

그러면서 슬그머니 꼬리를 무는 생각...

지금 나는 꿈을 꿀 수 있을까? 가능하겠지? 노안에 급속도로 피곤해지는 몸, 여기저기 분산된 산만한 정신력...

그럼에도 불구하고 나는 꿈을 꾸고 싶다. 꿈이란 나의 눈을 더욱 반짝이게 하고 나의 가능성을 끊임없이 넓혀주니까.

너는 어때?

유채윤_이나은 엄마

나는 공부가 정말 싫었다. 나중에 해도 되겠지 했다. 왜 지금 꼭 해야 되는가?

친구들과 놀고 싶고 텔레비전도 맘대로 늦은 시간까지 보고 싶었다. 엄마는 늘 '학교 가야지.' 하면서 늦게까지 텔레비전을 못 보게 하시면서 당신은 늦게까지 드라마 보시고… 나에게는 텔레비전 보면 머리 나빠진다고, 책을 많이 봐야 지식도 생긴다고 하는데 책을 보면 졸음부터 오니 완전 수면제가 따로 없네…

공부하면 좋은 대학, 좋은 직장을 얻는다고 늘 말씀하셨지만 난 공부를 다른 애들이랑 비교도 안 되게 했는데… 지금 내 꼴은 평범한 사람이 되어 있다. 엄마는 뻥쟁이.

내 머릿속에는 공부보단 다른 게 더하고 싶었거든! 바로 디자인이었어. 그걸 공부했으면 '지금쯤 난 광고 기획을 하는 사람이 되어 있지 않았을

까?' 생각해 본다. 그것도 내가 좋아하는 공부니깐! 그럼, 더욱 열심히 했 겠지.

아! 타임캡슐이 존재한다면 중학생 시절로 돌아가고 싶다. 그러면 계획 도 잘 세우고 그것을 실천할 수 있을 것 같은데 멋진 나의 모습이 기대가 된다.

내가 즐기며
할 수 있는 것

박원주_전수빈 엄마

어린 나는 꿈이 뭔지 잘 몰랐다.

하지만 장래 희망을 적는 곳엔 늘 선생님.

어린 나는 선생님이 되는 방법을 몰랐다.

그저 친구들과 뛰어노는 게 더 좋을 뿐.

어린 나는 꿈을 위해 무엇을 해야 하는지도 몰랐다.

어린 나는 부모님이 시키는 대로 열심히 공부하지도 않았다.

하지만 장래 희망을 적는 곳엔 늘 선생님.

꿈을 위해 가는 길에는 관심도 없이 장래 희망은 희망일 뿐 그렇게 나는 어른이 되었다.

꿈과 전혀 상관없는 대학을 갔고 전공과도 전혀 상관없는 직장을 갔다. 어른들의 세상은 생각보다 책임져야 하는 일이 많았고 돈 없이는 재미를 만들기가 어려웠고 지루했다.

두 번의 이직 후 내가 해보고 싶은 일이 생겼다. 수업 준비를 하며 오전마다 교육을 하고, 때로는 수업 수수료 때문에 언성을 높이던 옆 사무실 학습지 선생님들이 있었다. 어느 날 나는 학교가 아닌 아이들 집으로 가는 눈높이 학습지 선생님이 되어 있었다. 여러 사람들을 만나고 집집마다 다니는 게 쉽지 않을 거라는 부모님의 염려에도 불구하고 내가 하고 싶어

서 시작한 그 일은 생각보다 재미있었다. 전에 다니던 직장보다 퇴근 시간이 늦었지만 늦은 시간까지 집집마다 수업을 하러 다녀도 힘든 줄 몰랐다.

학교 다닐 때 자발적으로 발표해 본 적도 없던 나는 거울을 보며 수업 연습을 하고 내 목소리를 녹음해서 들어 보았다. 스스로 찾아서 하던 노력들은 처음 보는 학부모들 앞에서 모의 수업도 잘 해내고 업무 성적도 좋은 나로 만들어 주었다. 나를 찾는 아이들도, 학부모님들도 많아졌다. 새로운 경험이었다.

시간이 지나 새로운 경험들이 익숙해지니 거울을 보고 외우지 않아도 여러 사람들 앞에서 선생님들을 교육하는 교육팀장이 되어 있었다. 내가 이끄는 팀은 늘 업무 성적이 좋았고 서울에서 본부장님의 국장 러브콜을 받기도 했다. 여러 사람들 앞에 나서는 것이 늘 쑥스럽고 자신 없던 내가 신임 선생님들을 교육하고 다른 지점들을 다니며 교육하는 업무도 잘 소화해

내는 내가 되어 있었다.

　관련 공부를 더 해 보고 싶어져 결혼 후 편입을 했다. 서른이 넘은 나이에 두 아이 육아에 공부까지 쉽지 않았다. 돈도 신경 써야 하고 시간도 자유롭지 못했다.
　조금 더 일찍 꿈을 이루는 방법을 알았더라면...
　조금 더 일찍 꿈을 위한 준비가 되어 있었더라면...
　많은 후회를 했지만 어른의 나는 우리 아이들을 챙기는 것에 소홀해지게 될까 봐 그 염려부터 하게 되었다. 지금은 우리 아이들에게 소홀해지지 않기 위해 근무 시간이 더 여유로운 방과후학교 강사를 하고 있다.

　여전히 아이들에게 내가 아는 것을 지도하는 것은 너무 즐겁고 신이 난다. 마흔 다섯의 나는 방과후학교 강사를 하며 어린이집 선생님이 되기 위한 준비를 하고 있다. 마흔 고개를 넘어 쉰을 바라보는 어른의 나는 나만의 꿈만을 찾을 수는 없는 게 현실이다. 두 아이가 꿈을 찾아갈 수 있도록 응원해 주며, 남편의 꿈도 지지하며, 새로운 것을 준비한다는 게 쉽지만은 않다. 하지만 아무것도 준비하지 못했던 어린 나를 원망하지 않고 조금 늦었지만 조금씩 발전하려는 나를 응원한다.

가보지 못한 길, 꿈

김현민_최서연 엄마

　어렸을 때 아버지는 공부하라는 소리를 안 하셨다. 언니랑 한방을 썼는데 방안에 큰 책장을 넣어서 그 안에 책을 채워 주셨다. 책장은 세 칸이었는데 한 칸은 아버지 책이었고 나머지 두 칸은 우리가 읽을 책을 넣어주셨다. 한국 명작, 세계 명작, 삼국지, 수호지, 그리스 로마 신화 등등 다양한 책이 있었다. 언니랑 나는 책 읽는 것을 좋아했는데 특히 세계 명작은 정말 흥미로웠다. 읽고 나서 언니랑 책에 대해 얘기하는 것도 좋았다. 그중에서도 나의 시선을 끈 책은 아버지 책장에 있던 조선왕조 왕비열전이었다. 책은 한 권에 천 페이지가 넘었고 글씨가 세로로 된 책이었다. 초등학교 5학년 겨울방학 나는 조선 시대에 살았다. 정사가 아니어서 딱딱하지 않았고 꼭 옛이야기를 듣는 기분이었다. 중학교에 가서 국사를 배우기 시작했을 때 조선 시대 부분에서는 내가 읽었던 내용을 연결해 생각하며 정말 재미가 있었다. 당연히 성적도 잘 나왔다. 나중에 대학에 진학할 때 국사학과를

가야겠다고 생각했었다. 중3 때 집안 형편이 잠시 어려웠었다. (지금 생각해 보면 너무 급하게 생각했지.) 나는 빨리 독립해야겠다고 생각하고 상고 진학을 결심했다. 그때는 내 꿈보다는 부모님께 도움을 드리고 싶었다.

상고 졸업 후 은행원이 되어 30년 가까이 직장생활을 하고 있지만 국사 책을 보거나 역사 관련 TV 프로그램을 볼 때면 다시 관심이 가고 흥미진진해진다. 20대 야간대학 시절에도 내가 원하는 과가 없어서 다른 과 수업을 받았다. 그러나 지금의 직장생활을 접고 다시 공부하고 싶다고 생각해 본 적은 없다. 직장을 그만둘 생각을 하지 않은 것이다.

대학 시절은 좋았다. 남들은 어떻게 생각할지 몰라도 시험 기간에 도서관에 가고 공부를 하는 것마저도 좋았다. 공부도 많이 어렵지 않았고. 그러나 정말 치열하게 공부하지는 않았던 것 같다.

내가 중학교 시절로 돌아간다면 인문계 고등학교를 거쳐 국사학과를 가지 않았을까. 잠시 후회한 적은 있다.

가지 않은 길에 대한 갈증은 항상 마음속에 있는 것이다.

지금보다 못 할 수도 있고 국사 공부에 대한 열망이 식었을 수도 있겠지만 미련이 남아 있지는 않을 것이다. 일찍 직장생활을 시작하고 어렵고 힘들 때마다 가슴 한편에는 못 가 본 길에 대한 미련이 꿈틀거린다.

가족

결혼 전후 가장 달라진 건 '가족'의 개념과
범위이다. 결혼 후 시댁 식구들과 나의
아이들까지 가족의 범위가 확대된만큼 가족에
대한 사랑과 또 그에 따르는 책임감도 커졌다.
더불어 행복함도 배가 됐다.
엄마들의 안식처이자 엄마들이 지켜야할
나의 첫 번째 집단
'가족'의 이야기를 들어보자.

너와 만난 날

–

2007년 7월 13일 11시 23분

정세진_손혜윤 엄마

  나와 너의 추억은 2006년부터 9월부터 시작되었다. 벌써 14년이나 지난 일이구나! 정확한 날짜는 기억이 나지 않지만 내 뱃속에 네가 있다는 사실을 알고 난 표현할 수 없는 기쁨을 느꼈지! 결혼을 하고 십 개월이 지나도록 네 소식이 없었기에 나는 성당에 갈 때마다 너를 만나게 해 달라고 하느님께 졸라댔어! 기쁨도 잠시였을까?

  나는 입덧을 너무 심하게 해서 회사에 가는 버스 안에서 구역질하기도 하고, 회사에 있는 내 쓰레기통에 먹은 것을 토하기도 하며, 점심시간에 겨우 점심을 먹고는 나오자마자 식당 담벼락에 구토를 하기도 했지.

  거기다가 나는 새로 오픈한 지점에서 신입사원들과 함께 근무하면서 하루종일 쉴 새 없이 말을 한 탓일까? 회사 화장실에서 하혈을 했어. 그날의 공포는 잊을 수가 없단다. 그날은 네가 내 뱃속에 작은 씨앗으로 자란지 겨우 3개월도 되지 않았을 때였어. 나는 너무 무서워서 아빠에게 전화를 했

고, 언제나 용감무쌍한 아빠는 회사에 나타나서 나를 데리고 나와서 바로 산부인과에 입원을 시켰어. 그때부터 나는 고위험 산모로 분류되어, 2주 동안 병원에 누워서 꼼짝도 하지 않고 링거만 맞고 있었단다. 나는 너와 만날 수 없을지도 모른다는 공포감에 휩싸였고 매일매일 간절히 기도했어.

'하느님 제발 씩씩이를 데려가지 마세요! 제발 씩씩이를 만나게 해 주세요!' 하고 말이야. 그렇게 몇 달이 지나고 입덧도 사라지고 나는 몰라보게 건강한 산모가 되었어.

2007년 7월! 드디어 너를 만날 날이 다가왔어. 지나가는 사람들이 태어나서 저렇게 배가 큰 산모는 처음 본다고 할 정도로 나의 배는 산처럼 불러 있었고, 245㎜였던 발은 255㎜까지 부어서 그 무렵에 신발을 세 개나 새로 샀던 것 같아. 심지어 너를 만나러 병원으로 가던 날에는 맞는 신발이 없어서 슬리퍼를 신고 갔단다.

네가 내 뱃속에서 지내는 십 개월 정도의 시간 동안 나는 너를 잃을까봐 너무 무섭기도 하고, 너를 만날 설렘에 행복하기도 했어. 그 사이에 너는 내게 정말 너무나도 소중한 존재가 되어 있었지. 그 무렵 기사를 보았는데 자연 분만으로 낳은 아이가 제왕절개로 낳은 아이보다 더 건강하다는 내용이 있었어. 그래서 나는 너를 꼭 자연 분만으로 낳고 싶었어.

그런데 7월 20일에 만나기로 한 너의 몸무게는 7월 12일에 이미 내 뱃속에서 3.75㎏이었어. (넌 잘 모르겠지만 예정일이 8일이나 남은 상태에서 태아의 몸무게가 3.75㎏이라는 건 아주 어마어마한 일이란다.) 나는 의사 선생님께 꼭 자연 분만을 하고 싶다고 말씀드렸지. 의사 선생님은 내가 키가 커서 큰 아이를 자연 분만으로 낳을 수 있는 몇 명 안 되는 산모 중 한 명이라고 말씀하셨어. 그렇지만 예정일까지 기다리면 네가 얼마나 클지 알

수 없는 상황이기에 유도 분만을 하기로 결정하고, 7월 12일 오후 7시에 입원을 한 후 출산 촉진제를 맞았지. 출산 촉진제와 유도제를 모두 맞은 후, 나는 허리가 부러질 것 같은 극심한 고통을 느꼈어. 그래서 뱃속에 있는 너에게 끊임없이 얘기했지.

'씩씩아! 조금만 힘내자. 조금만 있으면 만날거야!'

진통 시간이 열다섯 시간이 넘어가면서 외할머니는 '왜 제왕절개를 하지 않느냐'고 화를 내시고, 그 와중에 아빠는 태연하게 출근까지 하고 돌아왔어. 만 하루가 지났고, 29시간이 지나도 너는 나오지 않았어. 그 사이에 열명도 넘는 산모들이 아이를 만나러 갔어. 너는 그때쯤 나의 배꼽 밑쯤에 걸려서 놀고 있었던 것 같아. 자궁문이 다 열렸는데도 엄마 뱃속이 너무 좋은지 나오지 않는다고 간호사 선생님이 말씀하셨어.

그리고 아주 심각한 상황이 되었지. 나는 가족 분만실(아빠가 분만에 참여하는 병실이야.)에 있었지만, 의사 선생님은 상황이 너무 심각하다고 가족들이 있을 수 없다고 하셨어. 그리고 간호사 선생님 두 분이 나에게 오셔서 두 팔을 다리 사이에 끼우라고 했어. 왼쪽 팔은 왼쪽 다리에 오른쪽 팔은 오른쪽 다리에 끼우면 배에 최대한 압력이 가게 되거든. 그 상태에서 간호사 선생님 두 분이 침대 위로 올라오셔서 내 배 위를 힘껏 누르셨지. 정말 죽을 것만 같았어. 한 분은 윗배를 누르고 한 분은 밑 쪽에 있었던 거 같

아. 그때 처음으로 알았지. 산부인과 간호사가 얼마나 힘든 직업인가를!!
그리고 한 시간 정도 그렇게 누른 뒤에 의사 선생님께서 삼발이라는 것으
로 너의 머리를 잡아당길 거라고 했어. 만약에 잡아당겨서 한 번에 나오지
않으면 어깨나 팔이 부러질 수도 있기 때문에, 그렇게 되면 지금이라도 제
왕절개를 해야 한다고 말씀하셨어. 형광등 불이 보이지 않는 순간이 지난
후 −이모들이 형광등이 보이지 않을 정도가 되어야 널 만날 수 있을 거라
고 했거든− 너의 울음소리가 들렸어.

　"응애 응애 응애" 하고 울지 알았는데 너는 "응~ 애~ 응~ 애~" 하고 천
천히 울었어. 난 네가 무사한지 물어보았지.

　간호사 선생님이 "세상에나 4.33kg의 건강한 공주님이 태어났습니다."
라면서 바들바들 떨고 있는 너를 내 품에 안겨 주셨는데, 나는 네가 너무
불쌍해 보여서 어서 담요로 덮어 주라고 했어.

　2007년 7월 13일 23시 23분, 나는 30시간의 진통을 마치고 그렇게 너를
처음 만났단다.

　그날부터 나는 너의 엄마가, 너는 나의 딸이 되었지! 그날 나는 결심했어!
공부하라고 하기보다는 공부하는 엄마가 되기로, 네가 자랑스러워할 수 있
는 엄마가 되도록 노력하겠다고, 너의 가장 친한 친구가 되어 주겠다고!

　사랑한다. 나의 딸! 나는 언제나 너를 응원해!

할머니 안녕

김옥순 _ 김희윤 엄마

이름 공경연

출생 1920. 4. 20.

사망 2020. 8. 22.

가족 아들(2명), 며느리(2명), 손자(6명)와
그 배우자들, 증손자(13명)

명언 "삼신할매 눈깔 깨졌다"
(큰 손부는 딸만 셋, 작은 손부는 딸만
둘인 것을 보시며 하신 말씀)

특기 원숭이띠로 손재주가 뛰어남
(바느질, 뜨개질 능숙)

취미 믹스커피 마시면서 회심가 듣기

(공경연 할머니는 저의 시조모이시고 아이들의 증조모 되십니다. 2020년 8월 22일 101세의 나이
로 세상을 떠나셨습니다. 할머니와 10년간 함께 살며 가끔 들려주신 이야기를 중심으로 할머니
의 일대기를 적어 보았습니다.)

내 이름은 공경연이야.

평생 살아오면서 '공경연'이라는 이름보다는 '공 씨 아지매' 혹은 '공 씨 할매'로 불린 경우가 더 많은 거 같다.

나는 창녕 이방면에 있는 작은 마을에서 태어났는데 3.1 운동이 일어난 직후인 일제 강점기였지.

참 먹고 살기 힘들었다. 내가 맏이였고 내 아래에 남동생과 여동생이 6명 있었다. 여름에 큰물이 지면 아버지는 낙동강변에 그물을 쳐서 물고기를 잡았고 그 물고기로 죽을 끓여 가족들의 끼니를 마련했는데 그 비린내가 아직도 생생하다.

내 나이 열여섯 살, 창녕 유어면에 있는 김 씨 집안으로 시집을 갔다. 남편은 착하고 부지런한 사람이었지만 어린 시절 나무에서 떨어진 사고로 다리를 다쳐 몸이 불편했었다.

먹고 살기 힘든 시절에 남편은 몸까지 불편했지만 우리 부부는 누구보다 열심히 살아 집도 짓고 농사도 꽤 지었다. 그런데 조금 먹고살 만하다 싶을 때 남편은 아픈 쪽 다리를 재차 다쳐 세상을 떠나고 말았다. 그때 병원에 갈 수만 있었다면 얼마나 좋았을까? 지금도 아쉽기만 하다. 30대 초반에 홀로 되었지만 어린 큰아들과 뱃속의 작은 아들이 있었기에 나는 힘을 내어서 살아야만 했단다.

그러던 중 대구에서 터전을 일구던 여동생의 권유로 대구로 오게 되었고 그렇게 나의 대구 생활은 시작되었다.

큰아들이 결혼하고 며느리가 들어오면서 2남 1녀의 자녀들을 낳았고 작

은아들도 결혼해서 1남 2녀를 낳았다.

아들들이 결혼하고 손자를 낳는 걸 보는 게 나의 가장 큰 낙이었지. 그때는 큰아들네랑 함께 살았는데 부지런한 큰아들 내외는 번듯한 집도 샀고 꽤 살 만했단다.

내가 살아오며 가장 마음 아팠던 것은 2004년에 큰아들이 나보다 먼저 세상을 떠난 거였어. 그때 이후로 바깥 생활이 아예 싫었지. 봄이 되면 꽃도 피고 새들도 돌아오는데 한 번 떠난 사람은 돌아오지 않더구나. 사무치도록 아들이 보고프면 혼자 '회심가'를 들으며 마음을 달랬다.

'인생지사 새옹지마'라고 했던가. 그 다음해 장손이 결혼했다. 손부를 인사시키러 왔을 때 손부는 키도 훤칠하고 어질어 보여 마음에 들었지. 그래서 인사하러 온 손부에게 용돈을 꼭 쥐어 주며 가족의 연을 맺길 바라는 나의 마음을 전했어.

그 후로는 참 바쁜 시간을 보냈다. 내 나이 90을 바라보는 나이에 장손의 집에서 함께 살며 직장을 다니는 손부 대신 증손주들을 보살펴 주었다. 첫 증손녀가 태어난 2005년부터 함께 했으니까 약 10년간 함께 살았네. 힘에 부대끼기도 했지만, 그 작고 예쁜 아이들과 함께 하는 시간은 나에게 큰 활력을 주었고 소중한 시간이었지.

2020년 이제 내 나이 101세가 되었다. 눈은 보이지 않고 귀도 들리지 않고 몸도 움직이지 않아. 정신이 가물가물하고 기억이 뒤죽박죽되어 버렸어. 마음은 어릴 적 뛰어놀던 창녕 들판으로 달려가고 귀여운 증손주들과

함께 있고 싶은데 몸이 따르질 않는구나.

　이제 이별을 해야 할 시간이 다가오는 것 같다. 나의 정신을 옭아매고 있는 노쇠한 육체에서 떠나야겠다. 기쁠 때, 슬플 때 항상 함께했던 사랑했던 내 가족들... 모두 안녕.

인생의
새로운 시작

김현민_최서연 엄마

2007년 11월 13일 새벽 1시 15분경 제왕절개 수술로 나의 둘째 아기가 태어났다. 무난하게 태어났던 첫째 아들과 다르게 나를 힘들게 했던 아기였는데 아무 탈없이 태어났다. 첫째를 낳고 아기가 생기지 않아 포기했었는데 6년 만에 둘째가 생겼다. 임신 6개월에는 기형아 검사 수치가 높아 정밀 초음파를 두 번씩 받았고 심장 부정맥이 있어 대학 병원을 다녀야 했다. 자연 분만을 했던 첫째와는 다르게 응급으로 수술을 할 수밖에 없었다.

태어나서 심장 초음파를 했는데 심장에 구멍이 있다고 했다. 다행히 이런 경우 70% 정도는 자라면서 심장의 근육도 자라서 구멍이 메꿔지는데 1년이 지나도 그대로일 경우 수술을 해야 한다고 했다. 매번 소아과에 가서 검진을 할 때 의사들은 항상 심장 이야기를 했다. 다행히 1년 지나 건강 검진 때 의사가 청진기 소리가 정상이라며 심장이 잘 자란 것 같다고 해서 걱정을 놓을 수 있었다.

힘들게 태어났으나 자랄 때는 건강하게 자랐다. 2개월이 지나서는 밤중 수유를 안 해도 잘 잤다. 밤 12시에 우유를 먹고 새벽 6시까지 잘 자서 내가 출근해도 힘들지가 않았다. 아기는 쑥쑥 잘 컸다. 시댁과 친정의 사랑을 듬뿍 받았다. 오랜만에 태어난 아이였기 때문이다.

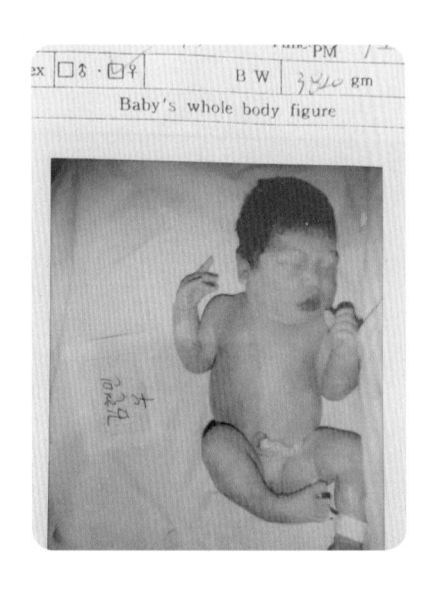

시댁과 살림을 합치면서 아이는 할머니 손에 자랐다. 첫째 아이는 첫정과 아들이어서 사랑을 받았다면 둘째는 귀하게 생긴 아이고 딸이어서 또 사랑을 받았다. 아직도 할머니가 "우리 똥강아지!!" 하고 부르면 "네. 할머니, 나는 고양이라고 불러줘."라고 얘기할 정도이다.

어린이집에 다닐 때도 할머니는 직접 어린이집에 가서 우리 아기가 어디서 생활하는지 잘 하고 있는지를 직접 확인하셨다. 지금도 아프면 엄마인 나에게 오는 것이 아니라 할머니에게 가서 어디가 아프다고 얘기한다.

나는 48년의 인생 중에 20년을 엄마로 살았다. 엄마로 준비가 안 된 상태에서 첫아이가 태어나 친정 부모님의 손에 아이를 키웠는데 둘째를 기다릴 때는 생기지 않아서 힘들었다. 내가 가지고 싶다고 가질 수 있는 것이 아니었다. 엄마란 말은 경험해 보지 못한 이들은 알 수 없다. 임신 기간 중 뱃속에 아이가 태동하는 것을 느껴보지 못한 사람은 도저히 알 수 없는 것이다. 나의 인생 중에 후회하지 않는 단 하나가 바로 엄마가 된 것이다.

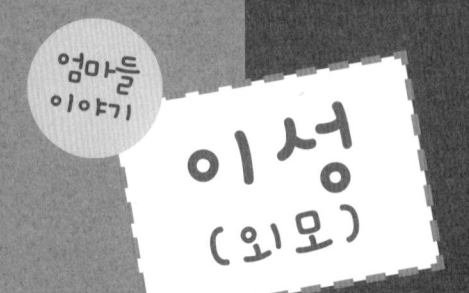

엄마들
이야기

이성
(외모)

눈에 넣어도 아프지 않은 딸!

이 세상에서 가장 예쁜 내 딸. 어느 순간

빨갛게 입술을 칠하고, 분칠을 하는 딸에게

낯섦을 느끼면서 화장 안한 얼굴이

제일 예쁜 내 딸인데 하는 생각이 든다.

한편으론 그런 딸의 모습에서 나의 첫사랑과

남편과의 연애 시절을 떠올리기도한다.

결혼
에피소드

강현숙_김아영 엄마

엄마랑 아빠는 모두 일반적으로 하는 결혼식장이 아닌 성당에서 결혼을 하였단다. 성당에서 결혼식, 생소하지?

엄마도 성당에서 결혼하는 것이 쉬운게 아니라는 것을 하면서 알게 되었어.

무엇보다 기독교였던 엄마와 천주교였던 아빠가 집안의 뜻을 모아 엄마가 종교를 바꾸고 결혼식도 성당에서 혼배미사로 하기로 하였지.

근데 그냥 하는 혼배성사가 아니고 일단 교리를 배우는데 3개월이 걸리고 그 3개월 동안 성당에서 성경도 배우고 신자로서의 자세도 배우고 무엇보다 신부님과 면담을 하는 것으로 3개월을 보내는 거야. 익숙하지 않은 기도문과 찬송가를 배우는 시간을 보내고 드디어 결혼이야. 아니 일단 교리를 배웠으니 세례를 받아야겠지. 엄마의 세례명은 지인의 제안으로 헬레나. 아빠는 아주 어릴 때 받은 세례명인 벨라도. 이게 끝이 아니야. 성당보다 높은 교

구가 있는데 대구에는 계산성당이 대구교구라서 그곳에 가서 주말 이틀 동안 혼배성사 교육을 또 듣는 거야. 그럼 혼인을 할 수 있다는 자격증 같은 걸 주는데 이제부터 다시 결혼식을 준비하게 되었어.

엄마와 아빠의 결혼식은 성당미사를 혼배미사로 하는 식이었어. 토요일 오전 열한 시부터 시작하는데 그전에 신부는 준비를 해야 하잖아. 결혼 전 준비로 웨딩 업체도 정하고 웨딩드레스도 정해야 하잖아. 신부의 로망, 웨딩드레스는 엄마가 아는 언니의 숍에서 하게 되었는데 수많은 드레스 중에 엄마는 왜 입어 보는 것이 귀찮았을까. 단 한 번 입어 보고 결정하고 3~5번 정도 하는 마사지도 2번만 받았어. 그땐 교리 공부와 회사 생활, 결혼 준비로 너무 바빴거든.

여하튼 시간은 흘러 결혼식이 성당에서 이루어지기 위해 화장도 하고 머리도 하고 무엇보다 골라 두었던 웨딩드레스도 입어야 해서 새벽 4시에는 일어나서 웨딩숍에 가야했지. 가서 화장과 머리를 하고 있으니 아빠도 오셨는데 지난밤에 술을 얼마나 먹었는지 토끼 눈이 되어서 왔어. 아빠가 준비하는 내내 째려보다 열한시 미사 시간에 맞추어 성당에 갔는데 혼배성사라는 것이 미사와 같아서 기도도 하고 성가도 부르고 성찬도 하고 미사를 모르는 사람이라면 엄청 지루한 시간을 보냈겠지. 보통 결혼식장에서는 20~30분이면 끝나는 식이 1시간 20분의 미사로 이루어지니 엄마 친구가 말했어 "저그끼리 앉아라 했다. 서라 했다. 지겨워 죽겠다. 또 말은 왜 그리 길어." 종교가 없으면 길게 느껴질 수도 있는 시간이구나 느끼게 되었어.

근데 가장 뭉클한 것이 뭔지 아니? 그건 바로 신부 입장할 때 외할아버지 손을 잡고 입장을 하는데 막상 떨어야 하는 엄마는 담담한데 외할아버지가 얼마나 떨던지 엄마가 손을 꼭 잡아주고 입장한 거였어. 지금 웃음이 나는

이건 엄마 혼자만의 비밀 이야기야.

　그리곤 혼배성사 중에 혼인서약식이 있었는데 이번엔 너희 아빠가 마이크를 잡고 얼마나 떨며 서약문을 읽는지 보다 못한 엄마가 아빠보고 '그만 좀 떨어!'라고 작게 말했는데 그 소리가 마이크를 통해 모든 사람에게 전달되어 웃음바다가 되었지. 신부가 신랑보다 간이 크다고. 지금 생각해도 창피해서 얼굴이 화끈거리네.

　무사히 혼배성사도 마치고, 점심을 먹는 손님들에게 인사를 하고 신혼여행을 위해 공항으로 가서 친구들과 함께한 간단한 피로연으로 결혼식을 마무리하게 되었어.

　이렇게 결혼식을 위해 4개월이 넘는 시간을 준비하는 이유는 그만큼 한 가정을 이룬다는 것을 소중히 여기고 많은 고민이 필요한 거였어. 지금 생각하면 어린 나이에 무슨 용기로 그 수많은 사람 앞에 결혼이란 것을 하고 너희를 낳고 살았나 하는 생각도 하고 시간이 무척 빠르게 지나갔구나 하고 느끼게 되는 시간이네.

평범하지만 괜찮은 결혼 이야기

김옥순_김희윤 엄마

2남 1녀의 장남, 서울에서 2년째 직장생활 중인 대구 남자와 2남 4녀의 막내로 울산 출신의 노는 것 좋아하고 친구 좋아하는 여자가 만났습니다. 이 평범한 남녀가 만나서 이야기를 나누었는데 4시간이 짧을 정도로 대화가 잘 통하였지요.

"어라 대화가 잘 되네? 한번 만나 볼까?"
서울에 있는 창덕궁, 경복궁, 경희궁, 하늘공원, 서울타워, 대구의 팔공산, 운문산... 함께 시간을 보내기 시작했지요.

"만나 보니 더욱 괜찮은 사람이네?"

해지는 통영 달아공원에서 곰곰이 생각해 봅니다.

결혼 별거 있나? 평범한 사람과 평범하게 사는 거지.

그래서 둘은 결혼하기로 했지요.

동화 속 왕자와 공주는 "결혼해서 행복하게 잘 살았습니다." 그렇게 끝이 나겠지요. 하지만 현실은 결혼과 함께 모든 것이 시작된답니다.

16년을 함께 살았습니다. 여전히 평범하지만, 오늘도 행복은 한 숟갈씩 더해집니다.

그 남자와
그 여자

정세진_손혜윤 엄마

얘들아~

너희들은 모르지만 우리에게도 풋풋한 연애 시절이 있었단다. 너희들 눈에는 우리가 마치 보이스카우트 대원이나 아이 돌보기 동아리 회원처럼 보일지 모르겠지만 우리에게도 가슴 뛰는 첫 만남이 있었단 말이다. 그럼 처음으로 그 이야기를 들려줄까?

우리의 첫 만남은 2001년부터 시작되었어. 아빠랑 엄마는 경북대 경영학과 01학번 석사 동기였어. 아빠는 전자상거래 전공의 대표였고, 엄마는 재무관리 전공의 대표였어. 우리는 전공 대표들 모임에서 가끔 만나기도 하고 동기 모임에서 만나기도 했어. 그런데 아빠는 정말이지 엄마가 싫어하는 고리타분한 과였단다. 그땐 마음에 드는 구석이 하나도 없었던 것 같아. 재미없는 옷차림, 느릿느릿한 말투, 흥미롭지 않은 주제의 대화, 이유 없이 혼자 바쁜 듯한 움직임 등등. 그런데 언젠가부터 아빠가 엄마에게 전화가

와서는 어디 있냐고 묻는거야. 그
리고는 엄마가 있는 곳에 나타나
서 집까지 태워주고는 사라졌어.
그런 일이 여러 번 있었는데 엄마
는 아빠가 마음에 들지 않아서 언
제 떼어 낼까 고민을 했던 것 같
아. 그런데 그냥 차만 태워주는
같은 과 오빠에게 '저는 오빠가 싫
어요'라고 말을 할 수도 없는 일이

어서, 작은 꼬투리라도 잡아서 뺑하고 차버릴 기회만 엿보고 있었지. 그런
데 어느 날 아빠가 차에서 엄마 손을 잡는 거야. 드디어 기회가 왔어. 손을
빼면서 말했지.

"저... 오빠! 저는 오빠 같은 스타일 싫어해요. 음... 일단 오빠랑 저는 맞
는게 하나도 없어요." 라고 말했더니

"맞는게 없으면 맞춰 가면 되는 거야. 세상에 맞는 사람은 없어. 다 맞춰
가면서 사는 거야!" 라고 말하는 거였어.

엄마는 그 순간 어안이 벙벙했단다. 왜냐고? 너희들이 믿을지 모르지만
엄마가 젊을 때는 말이야~ 따라다니는 남자들이 상당히 많았어. 그때마다
엄마가 아주 무섭게 "따라다니지 마라~~!!"라고 말하면 다들 깨갱하고 사
라졌지. 그런데 뭐? 맞춰 가자니 '니가 뭔데~ 내가 너와 맞추냐?' 하는 생각
이 들었어.

그리고 나는 분명히 뺑하고 찼는데 아빠는 차이지 않았어! 언제나 거절하

면 한 번에 사라지던 다른 아이들과는 달리 아빠는 아무 일 없다는 듯이 계속해서 엄마에게 연락을 했어. 그런데 말이야. 지금도 너무나도 신기하고 이해가 안 되는건 그 일이 있고 일주일 정도가 지난 후 엄마는 아빠가 좋아졌단다. 너무 신기하게도 말이야. 느릿느릿한 말투는 점잖아 보였고, 재미없는 이야기는 진지해 보이고, 바쁘게 싸돌아다니는 건 부지런해 보였어! 그렇게 우리는 그때부터 서로의 '멋진 오빠'와 '예쁜이'가 되었지.

알고 보니 아빠는 모태솔로여서 뻥하고 차여도 차인지 몰랐던 거야. 그렇게 모솔과 연애 프로(?ㅎㅎ)의 만남은 시작되었지. 지금쯤 너희의 손발이 모두 오그라 붙어 있을 것을 생각하니 저절로 웃음이 나오는구나.

이렇게 2002년부터 우리의 역사는 시작되었어. 그로부터 4년 후에 우리는 결혼을 했고, 우리가 만난지 5년, 6년, 그리고 8년 후에 너희들 셋이 세상에 나왔으니 한 사람이 한 사람을 만난다는 건 정말이지 엄청난 일이구나!!!

기억하렴! 누구를 만나든 언제나 최선을 다해서 그 사람을 대하고 진심을 다해야 해. 그 사람이 먼 훗날 너희들에게 어떤 존재가 될지 모르니 말이야! 혹시 아니? 네 아이의 엄마나 아빠가 될지 말이야!

첫사랑

유채윤_이나은 엄마

착각

심장아 눈치두 없구나!

왜 이리 벌렁 거리니......

매번 보는 사람인데

새삼스럽게

심장아! 왜 콩닥거리니?

뭐가 그리 좋아?

환하게 웃는 모습만 보아도

내 심장은 요동을 치는구나!

이렇게 뛰는 건 난생 처음이구나

그이가 말만 걸어 와도

내 얼굴은 빨간 사과 같고

심장이 자꾸 떨려

어떻게 해야 될지 모르겠구나

심장아 말해 주겠니?

왜 그런지...

심장아 심장아!

이게 바로 무슨 감정이니

나의 착각인 거니...

아님 심장 네가 말하는 게 맞는 거니?

심장아 심장아,

나는 지금 너무 떨리구나...

이게 말로만 듣던 첫사랑이라는 거니?

설레고 행복하구나......

사랑은 봄비처럼 내 마음 적시고~

박원주_전수빈 엄마

    지금 생각해 보면 대학을 졸업하고 들어간 첫 직장은 신의 직장이었던 것 같다. 공휴일엔 쉬고 평일 9시 출근에 6시 퇴근하는 편한 직장이었다. 일이 익숙해질 때가 되니 온종일 사무실에서만 보내는 나의 하루가 지루하고 재미없었다.

    그러다 문득 대학 다닐 때 따 놓은 한식 요리사 자격증으로 멋지게 요리를 하는 사람이 되어 보고 싶었다.

    나는 부모님께 상의도 안 드리고 요리사가 되고 싶다는 생각만으로 부모님 몰래 음식점에 이력서를 넣으러 다녔다. 체격도 작고 경력도 없는 어린 아가씨를 주방 보조로 채용하는 곳은 잘 없었다. 그러던 어느 날 근무 시간에 양해를 구하고 한식당 면접을 보러 갔다. 한식당과 일식당이 나란히 붙어 있었는데 사장님이 똑같았다. 한식당 옆 일식당의 실장님이 면접을 봤다. 하얗고 긴 요리사 모자를 쓰고 요리사 가운을 입은 실장님은 경험이 전혀 없는

나를 합격시켜 주었고 스물넷의 나는 아줌마들만 있는 주방으로 출근을 하게 되었다.

부모님 몰래 이직한 나는 생전 해보지 않은 식당 주방 보조 일이 힘들어도 힘들다는 내색을 할 수 없었다. 온종일 앉아서 편하게 일하던 첫 직장과는 달리 온종일 서 있어야 했고 재료 손질, 낯선 주방 일이 너무 힘들었다.

일주일쯤 되던 날 엄마가 방으로 들어오셨다.

"니 요즘 뭐 하고 다니노? 왜 이렇게 늦게 다니노?"

6시면 퇴근하던 딸이 10시가 넘어서 녹초가 되어 들어오는 걸 보고 엄마는 걱정하며 물으셨다.

"엄마~ 나 요리사 해 보고 싶어~ 꼭 해 보고 싶어서 맨날 그 생각밖에 안 나."

엄마는 조용히 말씀하셨다.

"아빠 아시기 전에 얼른 정리해라. 요리사는 아무나 하는 줄 아나? 그 편한 직장 때려치우고 왜 고생을 사서 하노?"

그렇게 시작된 주방 보조 일은 3개월 만에 그만두었다. 체격이 작고 힘든 일은 해 보지도 않은 스물넷의 아가씨가 하기에는 체력이 따라가 주질 않았다. 나중에 들은 얘기지만 한식당, 일식당 사람들끼리 나를 두고 자그마한 아가씨가 주방 일을 며칠이나 버텨 내는지 내기를 했다고 한다. 하루, 3일, 일주일, 보름… 저마다 내기를 걸었는데 사람들이 얘기한 보름을 훨씬 넘겨 3개월을 버텼다고 한다.

학교 다닐 때 식당 서빙 아르바이트도 해 본 적이 없던 내가 갑자기 왜 그렇게 요리사가 되고 싶었는지는 아직도 모르겠다. 하지만 나는 3개월을 보낸 그곳에서 소중한 인연을 만났다.

나를 면접 봤던 일식당 실장님 이었던 그는 퇴근할 때 마주치면 인사 나누던 직장 상사였다가, 어느 날부터는 같은 방향이라며 가끔 집 근처에 내려주던 직장 동료였다가, 쉬는 날 영화 같이 보자며 연락 오던 아는 오빠가 되었다가,3년 지나 내 나이 스물일곱에는 나의 남편이 되어 있었다.

그렇게 우리는 눈에 콩깍지를 쓰고 가정을 이루었고 보물 같은 딸과 아들을 선물받았다. 다정하고 따뜻한 그를 만나려고 3개월의 일탈을 했었나 싶다.

♪ 사랑은 봄비처럼 내 마음 적시고~

라디오에서 흘러나오는 노래 가사가 전부 내 얘기가 될 때 그는 나에게로 와서 꽃이 되었다.

내가 살아가면서 만난 인연이 어느 순간 내 삶 안에 들어와 있었다.

좋은 인연을 많이 만들며 살아가다 보면 좋은 인연들 속에서 살아가는 나를 발견하게 되는 것 같다.

또 다른
인간관계

김현민_최서연 엄마

연애는 두 사람 사이의 인간관계이다. 인간관계가 서툴수록 연애도 힘들 수밖에 없다. 서로 진심으로 대하고 가식적이지 않아야 한다. 누구는 이성 앞에서 내숭을 떨거나 잘 보이기 위해 가식적으로 행동한다. 물론 잘 보이기 위해 행동을 조심하는 것은 있을 수 있으나 가식은 오래가지 못한다.

내가 생각하는 연애 잘하는 법은 다음과 같다.

1. 정확한 자기의 기분과 생각을 말해야 한다

내가 말하지 않아도 알아주기를 바라는 마음은 이기적이다. 대화를 많이 하고 상대방의 이야기를 잘 경청하는 자세가 필요하다.

2. 대화와 소통의 시간을 자주 가진다

그 사람이 어떤 성향을 가지고 있는지 파악할 수 있도록 대화와 소통의

시간을 자주 가져서 후회하지 않도록 표현하는 자세가 필요하다.

3. 남들과 비교하지 않아야 한다

남들의 말에 휘둘리지 않아야 하고 자신이 생각하는 부분만 상대를 평가, 기준을 잡는다.

4. 서로만의 화해 방법을 만든다

서로만의 화해 시그널을 만들어 대화를 하고 문제점에 대해 알아보는 것이 필요하다. 갈등을 피할 수 있으면 제일 좋은 방법이나 피할 수 없다면 화해하는 법을 습득하는 게 중요한 노하우이다. 비 온 뒤 땅이 더욱 단단해 지듯이 갈등을 화해하고 나면 더욱 단단한 단계가 된다.

5. 다른 이성과 문제가 생기지 않도록 스스로의 처신을 잘해야 한다

6. 있는 그대로의 자기 자신을 사랑하고 그런 사람을 만나는 것이 중요하다

사람은 한 단면만 가지고 있는 것이 아니라 여러 다채로운 면을 가지고 있다. 이러한 자신의 모습을 사랑하고 받아들여야지만 다른 사람도 그러한 너를 더욱 소중히 대하고 사랑해 준다.

사춘기

말을 걸 수도 없고, 물어 볼 수도 없는

사춘기 딸아이를 둔 엄마들의 심정을

아이들은 알기나 할까?

사춘기를 겪어보지 않은 것도 아니지만

내가 저때 저랬나? 싶을 정도로 심한

아이들의 모습에서 때론 서운함 마저 느낀다.

그러나 이 또한 지나가리라 생각하며,

오늘 또 하루 사춘기 딸아이를 이해하려고

노력하는 엄마들의 인내(?)의 마음속 이야기를

들어보자.

지나고 보니 사춘기였다고 피식 웃으며 넘길 수 있는 방법

강현숙_김아영 엄마

1. 사랑하는 자식을 조금 떨어져서 묵묵히 지켜봐 주자

자신 스스로도 사춘기인지 인지하지 못할 정도로 자식은 감정에 혼란이 많을 것이다. 친구와 노는 시간이 세상에서 제일 재미있고 유독 부모나 선생님이 하는 말들은 다 잔소리로 느껴질 것이다. 작은 일에도 금방 화가 나고 짜증이 나기도 하고 친구들 얼굴만 봐도 너무 재밌다는 듯이 웃고 감정이 롤러코스터처럼 오르락내리락할 것이다. 자신도 그러는 것이 지치고 혼란스러울 것이다.

그럴 때는 아이 혼자만의 시간을 만들어 주자. 그리고 부모는 묵묵히 있어 주자. 그저 가만히 자식 스스로도 갈무리하는 시간이 필요한 것이다. 굳이 억지로 아이 방문을 열어 조언이랍시고 잔소리를 해서 감정싸움이 될 필요는 없지 않은가.

2. 자식을 굴러다니는 시한폭탄이라고 생각하라

현재 사춘기를 겪고 있는 자식은 말 그대로 시한폭탄이라고 하는 것이 정확하다. 자신의 뜻대로 되지 않으면 바락바락 성질을 내며 모든 것이 싫다고 터트리고 다닐지도 모른다. 부모도 사람인지라 아무리 제자식이라도 밉고 화가 날 것이다. '눈에는 눈 이에는 이'라고 자식이 폭탄이라고 자신도 폭탄이 되어 집을 터트리는 것만이 답은 아니다.

시한폭탄이 스스로 불발탄이 될 수 있게 잠시만 침착하게 폭탄을 놔두어 봐라. 이상하게 들릴 수도 있지만 만약 자식이 터무니없는 것을 요구할 때 무조건 안 된다고 하기 보다는 그것이 꼭 필요한지 내년에도 쓸 것 같은지 자식에게 어울리는지 등 자식이 스스로 요구하는 것에 대해 다시 생각해볼 수 있게 만들어라. 그렇다면 시한폭탄에서 폭탄 정도나 시한폭탄의 크기가 작아 질 수 있다. 자식이 시한폭탄이라면 부모는 그것을 조절하고 다루는 군사령이다.

3. 자식의 가장 친한 친구는 부모이다

"엄마는 아무것도 몰라!!"

이런 대사를 실제로 혹은 드라마나 소설 등과 같은 곳에서 한 번씩은 들어보거나 봤을 것이다. 어찌 보면 당연한 말일 수 있다. 맞벌이 부부라면 부모는 직장에 자식은 학교를 갈 것이다. 사사건건 문자를 주고받고 연락할 수 있는 것도 아닌데 당연히 자식이 무슨 일이 있었는지 무슨 생각하는지 어찌 알겠는가. 하물며 내 배우자도 직장에서 무슨 일이 있었는지 모르는데 이때 자식은 자신을 가장 제일 이해할 수 있는 사람은 학교 친구라고 생각할 것이다. 나이도 같으며 서로 사소한 일도 얘기하고 감정을 공유할 수 있는 친구

만이 자신을 제일 잘 알고 평생 같이 할 것이라 생각할 수도 있다. 물론 같은 또래 친구가 자식과 비슷한 경험이나 사춘기를 겪을 때여서 서로 마음이 잘 통할 수 있다.

　하지만 자식이 더 커서 많은 사회를 접하게 되고 가끔은 응석도 부릴 수 있는, 친구에게도 말하기 힘든 고민이나 진로에 대해서도 같이 얘기하고 알아볼 수 있는 바로 옆에 부모님이 계시다면 또래 친구와는 또 다른 친구처럼 느낄 수 도 있다. 힘들 때나 기분 전환을 하고 싶을 때 부모님과 가볍게 나들이나 쇼핑을 하면 어떨까 또래 친구와는 다른 재미를 느낄 수 있고 혹은 꼭 또래 친구만 친구가 아닌 부모님이 완전한 내 편인 것을 느낄 수 있을 것이다.

우리 아이가
달라졌어요!

정세진_손혜윤 엄마

나는 첫째 아이가 이제 막 중학교 1학년이 된 초보 사춘기 엄마이다. 엄마라는 이름으로 살아온 지 14년째이지만, 사춘기 아이와는 처음 마주하고 있다.

우리 집 첫째는 어릴 때부터 말 잘 듣고 착하고 사고 안 치고, 동생들을 잘 돌보는 순둥이였다. 사람들은 이 아이를 두고 H는 사춘기가 오지 않을 것 같다는 말까지 했었다.

그러나 이 아이는 요즘 초등학교 때와는 전혀 다른 모습으로 중2병이 오고 있음을 알리고 있다. 하루에도 몇 번씩 변덕을 부리고, 어떤 날은 막 울기도 하고, 어떤 날은 소리를 지르기도 하고, 그러다가 배시시 웃기도 한다. 심지어 책쓰기 동아리는 엄마가 가입했으므로, 자신의 의지대로 한 일이 아니니 글을 쓰지 않겠다는 오기도 부린다.

이런 모습을 처음 대하는 나는 속수무책이다. 이길 방법이 없고, 누군가

에게 전해 줄 팁조차 없다. 다만 마치 사춘기가 오지 않을 것만 같았던 우리 집 순둥이에게도 저런 모습이 있으니, 내 아이만 그런 것이 아니라는 것에 조금의 위안을 얻으시길 바란다.

사춘기

정수진_권영서 엄마

예전에 큰 대형마트 앞 센터에서 심리치료사로 근무했을 때, 장바구니를 든 채로 내방하셨던 한 어머님이 생각난다. 지금은 딸과의 관계가 좋은데 곧 올 사춘기 때 대화가 단절될까 봐 사이가 틀어질까 봐 걱정이라며, 지금부터 준비를 할 수 있겠냐? 상담을 청하셨더랬다. 그때 나는 어떻게 상담을 드렸더라? 내 기억으로는 아직 오지도 않은 아이의 사춘기 때의 정서적 위기에 대해 이리 먼저 준비하고 마음 쓰실 정도시면 −현재 관계가 어머님처럼 좋다는 가정하에− 그때가 되어서도 아이와 함께 현명하게 헤쳐 나가실 수 있을 거라 여겨진다고, 혹이라도 염려하셨던 일들이 현실이 되어 닥쳐온다면 그때 도움을 드리겠노라, 어머니 스스로를 믿고 아이를 믿고 나아가시라고 했던 것 같다. 그 후 4~5년을 그 곳에서 근무했지만 그 어머님은 오시지 않았다. 아마도 현명하게 딸의 사춘기를 함께 잘 넘기고 있으셨지 않을까 하고 짐작해 볼 뿐이다.

네이버에 '사춘기'를 검색해 보면, 지식백과에서 개요, 사춘기 특징을 설명한 후 세 번째 사춘기를 설명하는 이론들에서 이렇게 설명하고 있다.

사춘기는 질풍노도의 시기이며, 이 시기의 아이들은 부모 및 사회와 거친 마찰을 일으키고 비윤리적인 행동, 난폭한 언행을 일으키는 것이 당연하다는 시각이 있다. 하지만 연구에 따르면 대부분의 사람은 사춘기에 그런 거친 경험을 하는 경우가 많지 않으며, 오히려 대중 매체와 일반 대중의 고정관념이 청소년들에게 그런 바람직하지 못한 행동을 하게끔 부추긴다고 학자들은 말한다. (중략)

내가 이 글을 적고자 할 때 꼭 전달하고 싶었던 내용이다. 사춘기를 '질풍노도'의 시기라 했던 홀과 성적 충동이 혼란을 가져온다고 보았던 안나 프로이드, 자아정체감 대 역할 혼란을 가져온다는 에릭 에릭슨 등의 견해도 물론 옳다. 그러한 입장과 견해가 틀렸다는 말은 아니지만, 겪지 않고 넘어갈 수도 있는 사춘기의 난폭함과 방황을 너무 정당시하고 합리화의 기회를 제공하여 주고 있지 않냐는 고민해 봐야 할 문제라고 본다.

아이는 태어나서 부모를 세계의 전부로 알다가 점점 더 넓은 세상으로의 사회화 과정을 거친다. 그 에너지의 원천이 되는 것이 부모와의 관계 경험인데, 이를 간략하게는 애착이라고 볼 수 있다. 이러한 안정된 애착과 건강한 상호작용의 경험이 우리 아이들이 사춘기를 무사히(?) 넘기고 더 높이 도약할 수 있도록 이끄는 힘, 에너지의 원천이 되는 것이 아닐까 하고 생각해 본다. 사춘기가 되어 아이의 감정과 정서를 감당하지 못하게 되는 것이 아니라 이미 이전에 아이와의 교류가 제한적이거나 단절되어 있기 때문에

너무 곪은 시기에 마주하게 되는 것은 아닐까 말이다.

서로의 말에 진지하게 귀 기울여 주자. 그리고 그런 다음 반응하자. 무조건 긍정적일 필요는 없다. 아이도 부모님도, 서로에게 '좋은 사람'이 되는 것만이 최선은 아닌 것 같다. 서로의 마음을 나누고 욕구를 공유하며 타협을 잘해 나갈 수 있는 협상가로서의 면모를 갖추게 된다면 사춘기라는 폭풍이 더는 겁내야 할 대상이 아닌 게 될 것 같다.

다행히 딸내미는 아직은 사춘기 증후(?)가 거의 없다. 용서를 구하기 싫어하고, 말투에서의 짜증 섞임이 다소간 심해졌으며, 엄마보다 아빠보다는 친구를, BTS를 더 사랑함에 오는 서운함 정도…. 물론 당장 다가올 내일이라는 시기에, 질풍노도의 한가운데 빠져서 허우적댈 수 있겠으나 아직은 멀쩡(?)한 범위에 속해 있다. 그래서 나는 오늘도 노력하려 한다. 말투에 적응하며 욕구에 귀 기울이며 농담과 진지한 고민을 나눌 수 있는 엄마가 될 수 있으려고 말이다.

사춘기 딸을
키우는 방법

김옥순_김희윤 엄마

　세상에는 나와 같은 존재는 없다. 나는 이 세상에서 유일무이다. 쌍둥이조차도 태어나면서 혹은 자라면서 차이를 보이는 것이다. 그런 이유로 아래의 TIP들은 내가 우리 아이를 키우면서 깨달은 점일 뿐이지 보편적인 부분은 아니라는 것이다.

TIP 1. 아이의 취미를 존중하라

평소 조용하고 외모 가꾸는 것에 관심이 없는 줄 알았는데 6학년 무렵부터 화장품에 관심을 보였다. 그래서 이것저것 관심을 보이고 틴트를 한 개씩 소장하기 시작하였다. 소장할 뿐 사용도 제대로 하지 않고 결국에는 유통기한이 지나 버리기 일쑤였다. 그래도 한 개씩 꾸준히 사 모으고 요즘은 팔레트까지 사기 시작하더니 한 번씩 내 얼굴에 화장도 해준다. 어차피 할 도둑질 일찍 하고 끝내버리자. 그리고 돈을 투자하는 거니 기왕 하는 거 확실하게 화장법을 배워 보게 하자.

TIP 2. 아이의 친구 관계를 존중하라

난 알고 있다. 내가 우선순위에서 자꾸 밀리고 있다는 것을.

어릴 때는 수시로 "엄마 사랑해요."라고 편지를 쓰며 사랑을 고백하더니 이제는 친구를 통해서 세상과 자신을 바라보고자 한다. 아이가 가족의 테두리를 벗어나 친구를 만나는 것은 어느 정도 성장했다는 것이 아닐까? 아이가 친구를 찾으면 찾을수록 섭섭해하지 말고 친구에게 보내 주어야 하고 세심한 관심을 가져야 한다. 친구 관계가 잘 풀리고 있는지 먼 발치에서 바라봐야 한다.

TIP 3. 칭찬을 구체적으로 해라

칭찬은 고래도 춤추게 하고 사춘기 중딩의 마음도 움직인다.

하지만 두루뭉술한 칭찬은 곤란하다. 구체적으로 침이 마르도록 칭찬해야 한다. 고마운 마음은 제때 즉각적으로 표현해야 한다.

TIP 4. 내 감정에 대해 빨리 파악하고 컨트롤하라

아이는 내 감정의 우산 아래에서 자란다. 나의 감정의 변화를 가장 민감하게 파악하고 영향을 많이 받는다. 아이 자신이 이해할 수 없는 감정의 영향을 받고 있을 때 아이는 얼마나 불안할 것인가?

너에게 보내는 메시지

유채윤_이나은 엄마

안녕! 꼬맹이.

아직 꼬꼬마인 줄 알았는데 넌 벌써 중학생이 되었네...

말도 이쁘게 하고 인사도 잘하데.

엄마한테만 삐쭉거리는 거였군! 엄마한테도 그렇게 대해 주면 안 되겠니?? 너의 친절함이 무지 필요한데 엄만......

사춘기라는 벽이 엄마와 딸 사이를 참 어색하게 만들고 있는데 넌 모르겠지?

하긴 엄마도 갱년기가 와서 너에게 사춘기처럼 대하는데 네가 한 말이

생각나더라고! 우리 집엔 엄마가 사춘기라고. ㅎㅎ 그래 미안해. 너도 네 감정이 서툴고 할 텐데... 힘들었을 거고 이해를 못해준 것도 알아. 그래서 말인데......

　더욱이 요즘 너랑 이야기하는 시간이 줄고 학원 다닌다고 네 얼굴을 볼 수 있는 시간도 별로 없더라구... 엄만 네 바라기인데 말이지. 알고 있을까 엄마 마음을... 우리 딸이??

　나은아, 중학교 때 앓고 가는 거라지만 엄마 맘 덜 아프게 해 줄 수 있겠니?

　짧게, 반항심도 적게 해 주라.

　우리집은 삼 남매라 엄마한테 돌아가면서 하믄 엄마 갱년기 폭발한다. ㅎㅎ

　알긋나?? 꼬맹이!

　투덜투덜 할 땐 진짜 머리채 잡고 싶은 마음도 있었지만 꾹 참는다.

　왜냐면 엄만 참 우아한 사람이니깐.

　그러니까 우리 서로 처음하는 엄마 역할, 딸 역할을 잘해보자. 꼬맹이.

　너의 꿈도 곁에서 많이 응원하면서 엄마도 열심히 최선을 다해 맡은 걸 열심히 해 볼게.

　딸아, 너의 첫 중학교 생활이 추억이 가득하길 빌어.

　예쁜 것만 보고 공부에 대한 스트레스도 덜 받았으면 좋겠어! 엄마도 공부하라는 잔소리 좀 줄일게. 그러니 사춘기와 갱년기, 덜 싸우자!

　사랑한다! 꼬맹이.

사춘기 자녀를 키우는 부모들에게 전하는 TIP

박원주_전수빈 엄마

1. 친구 아이 대하듯 대하라

요즘 아이들은 성장이 빨라서 초등학교 3~4학년만 되어도 간섭받기 싫어한다. 어느 순간이 되면 어릴 때처럼 부모가 하나하나 챙기고 간섭하는 것을 싫어하며 독립적으로 대우 받기를 원한다.

남의 아이처럼 모른 척할 수는 없고 친구 아이 대하는 정도의 관심이 적당한 것 같다. 아이가 묻는 것은 알려 주는 정도로만 얘기해 주고 대화 중 부모와 생각이 다르더라도 내 생각을 강요하지 말고, 아이의 학교생활이 궁금하더라도 너무 깊이 알려고 하지 않는다.

아이와의 대화는 짧더라도 자주 이야기를 나누는 게 좋다. 대화 도중 아이가 얘기하지 않는 부분은 여러 번 캐묻지 않도록 한다. 다른 날 슬쩍 얘기를 꺼내 봐도 좋다.

중 3인 딸과 아직도 이 부분이 잘 안 된다. 하지만 늘 느끼는 부분이다. 지

나치게 궁금해하고 엄마의 생각을 계속 얘기하려고 하다 보면 아이에게는 대화가 아니라 엄마의 잔소리가 되어 버려서 대화가 중단되고 싸우게 된다.

엄마 입장에서는 늘 70%만 궁금해하려고 노력한다.

2. 초등학교 때부터 각자의 역할에 충실할 수 있도록 습관화시켜라

작은 습관들이 하나씩 모여 어른다운 어른으로 자랄 수 있도록 시간이 조금 걸리더라도 언제부턴가 습관이 되게 해야 한다.

예를 들어 학원 숙제를 덜해서 학원에 남아야 하는 경우, 다음 학원을 못 가게 되어 다른 날 보강을 하게 되더라도 학원 선생님이 내주시는 벌 숙제를 남아서 하고 오도록 한다. 스스로 해야 하는 것에 대한 책임을 질 수 있도록 한다.

치킨을 시키면 이 자리에 없는 사람이 먹을 수 있도록 접시에 따로 덜어 놓는다.

자고 일어나서 이부자리 정리는 꼭 자기가 할 수 있도록 한다.

개인 우산을 지정해 주고 자기가 쓴 우산은 사용 후 베란다에 펴서 말린 후 신발장에 직접 정리한다.

샤워 후 내가 다시 사용하고 싶지 않을 정도로 축축해진 수건은 빨래통에 넣고 다음 사람이 쓸 수 있도록 새 수건을 걸어 놓는다.

식사 시간에 마지막으로 먹은 사람이 반찬을 냉장고에 넣고 식탁을 닦

아 정리한다.

이건 엄마의 일이 아니라 누구나 할 수 있는 기본적인 일이기 때문이다.

3. 식사 시간에 오늘 있었던 일들을 자연스럽게 얘기할 수 있도록 하라

아주 사소한 것도 괜찮다. 급식 반찬이어도 괜찮고 과제 이야기도 괜찮다. 설거지를 하다 그릇 깬 것을 종이에 싸서 버렸다며 이야기를 꺼내도 좋다. 핸드폰은 식탁에 가지고 오지 않도록 한다.

4. 할머니, 할아버지와 자주 통화를 하게 하라

집안 일로 시댁이나 친정에 통화를 할 일이 있으면 통화 이후에는 꼭 아이들이 할머니, 할아버지와 통화할 수 있도록 한다.

평소 날씨가 덥거나 추울 때, 시험이 끝났을 때 등 아주 사소한 일을 이유로 아이가 직접 안부 전화를 드릴 수 있도록 한다. 사춘기가 되면 친척집 방문을 함께 하지 않으려고 한다는데 미리미리 친해져 있으면 집안 행사에 빠지는 횟수를 줄일 수 있을 것이다.

5. 아이가 원하면 학원에 보내 주되 성적에 대해 야단치지 마라

아이가 원하면 학원에 보내 주되 그 결과에 대해 야단을 치거나 아이 탓을 하지 마라. 그 누구보다 공부를 잘 하고 싶은 건 아이 자신이다. 부모는 스스로 할 수 있도록 제시해 주고 응원해 주면 된다.

질풍노도의 시기

김현민_최연서 엄마

흔히 사춘기를 질풍노도의 시기라고 한다. 힘들게 보내는 아이도 있고 그렇지 않은 아이도 있는데 다행히 우리 아이들은 무난하게 보낸 것 같다. 특별히 나만의 방법은 아니지만 어느 아이에게나 해당하고 누구나 공감할 수 있는 방법을 얘기하고자 한다.

사소한 잡담으로 대화를 시작해서 자주 대화한다

평소에는 이야기 한번 안 하다가 부모로서 훈계할 때만 대화를 하려고 하면 아이와 아예 대화 자체가 되지 않는다. 아이들은 필요한 것을 요구할 때 외에는 엄마, 아빠랑 대화하려 하지 않는다. 친구랑 대화하는 것이 더 재밌고 공감되니까. 부모가 먼저 대화를 시도하여야 한다. 사소한 이야기, 신변잡기 이야기, 연예인 이야기, TV 프로그램 이야기, 유튜브 이야기 등 아이들이 쉽게 할 수 있는 이야기를 먼저 물어보고 친구들이랑 대화하듯이

대화를 해야 힘든 내용도 아이들이 먼저 얘기하게 된다.

잔소리는 짧고 명확하게 한 번만 한다

아이들은 바보가 아니다. 잔소리는 누구나 듣기 싫어한다.

자꾸 했던 말을 또 하면 질려서라도 아예 얼굴 보기를 싫어할 수밖에 없다. 잔소리를 하게 될 상황은 항상 생긴다. 그 시점에 한번 따끔하게 얘기하고 아이가 인식하도록 만든다.

칭찬, 감사, 격려 등 믿어주는 말을 자주 한다

다 자란 것처럼 보이지만 아직 어린이다. 칭찬하고 격려해 주면 표시는 내지 않지만 속으로 으쓱하고 기분 좋아한다. 그럼 행동이 바뀐다. 아직 나쁜 습관이 오래되지 않아 고칠 수 있게 된다.

잘못을 지적하지 않고 공감하며 많이 들어준다

아직 어리기 때문에 잘못을 알면 고치려고 노력한다. 바로 직설적으로 얘기하기보다 대화를 많이 하면서 공감해 주면 아이들도 자신의 잘못을 스스로 인정하게 된다.

아이들은 스스로가 다 자란 것처럼 착각하고, 다 알고 있다고 생각한다. 나도 중학교 때 똑같이 생각했으니까. 그래서 더 대하기 힘든 것이 아닐까 생각이 된다. 어른으로도 아이로도 대할 수 없으니까. 단지 내가 사랑하는 아이로 단 하나의 생명체로 인정할 것은 인정하고 사랑하는 마음을 표현하면 아이들도 달라지지 않을까 싶다.

엄마

어렸을 적 참 많이 불렀던 '엄마'.

시간이 흐른 후 엄마를 부르기보다

엄마라고 불리는 시간이 더 많아진 요즘.

내 엄마를 떠올려 본다. 한 없이 헌신적이고

아낌없이 주는 나무였던 나의 엄마.

어느 순간 할머니가 되어 눈에 띄게 늙어가는

엄마의 모습을 보면 눈물이 계속 난다.

사랑하는 나의 엄마.

오늘따라 유난히 보고 싶다.

나의 엄마

박원주_이나은 엄마

2004년 2월 19일 스물여덟 나는 엄마를 잃을 뻔했다.

사고 소식을 듣고 병원으로 가는 내내 울면서 기도했다.

"앞으로 엄마 말 잘 들을 테니 살아만 있어 줘."

큰 교통사고 이후 몇 번의 수술을 받은 엄마는 오랜 병원 생활 끝에 우리 곁으로 다시 오셨다.

사고가 나기 전에도 나는 부모님께 큰소리로 대들거나 크게 애먹이지 않고 자란 것 같다. 사고가 난 뒤에는 더더욱 그러지 않으려고 한다. 모든 것이 감사해졌다.

딸 넷 중 장녀.

친정에 가면 아버지 때문에 속상한 얘기, 몸이 아픈 얘기 등 듣고 싶지 않은 얘기를 계속 하실 때가 있다.

나는 아무 말 없이 그냥 들어 드린다. 어딘가에 하소연하고 나면 스트레

스가 풀리시려나 싶어서 그냥 들
어 드린다. 들어 드리는 것만으로
도 효도라는 생각이 든다.

　일흔이 넘은 우리 엄마는 아직
도 나를 많이 사랑하고 걱정하고
계신다.　마흔다섯의 나는 매 순간
그것이 느껴진다.

　내가 화요일에 수업 가는 학교가 친정을 지나서 있다 보니 일주일에 한
번 이상은 꼭 친정에 가게 된다. 월요일 저녁이면 항상 문자가 온다.

　"뭐 먹고 싶니? 내일은 미역국 끓여 놨다. 애들은 뭘 좀 해줄까? 잡채 좀
할까?"

　수업이 끝나고 잠깐 들리면 갈 때마다 현관 입구에서부터 짐 보따리가 줄
을 서 있다. 그 짐 보따리에는 사위 줄 국도 있고 손주들 줄 반찬도 있다. 그
리고 짐 보따리 옆에는 깎은 사과, 요거트가 놓여 있다.

　어느 날에는 "자~ 떴으니까 먹어라~ 집에 가면 애들 입에 넣어 준다고
니 입에 요거트 들어갈 시간이나 있나?" 하시면서 요거트를 떠서 주셨다.

　엄마가 우리 키울 때 그러셨구나 싶어서 마음이 짠했다.

　몸도 불편하신데 더울 때나 추울 때나 시장 봐서 반찬 하시는 걸 보면 속
상하다.

　"엄마, 하지 마시라니까~ 마트에 야채 싸고 좋으니까 사 먹고 해 먹으면
돼."라고 얘기했다가, 가끔은 반찬이 밀려서 다 먹지 못한다고 짜증을 내기
도 한다. 그러다가도 두 분이 계시면 특별히 시장 볼 일도 없는데 소일거리

를 만들어 드리는 건가 싶어서 그냥 하시고 싶은 대로 하시게 시장 비만 가끔 드리고 있다.

엄마는 늘 나의 뒤에 있는 큰 산 같다.

나의 엄마처럼 되어가는 나

"엄마는 좋겠다. 우리가 학교 가고 나면 낮잠 잘 수도 있고…"

딸이 초등학생 때 한 말이다. 잊히지가 않네.

아이가 보기에는 학교 가기 전에 엄마가 집에 있고 학교 다녀왔을 때도 엄마가 집에 있으니까 그렇게 생각한 모양이다.

아이가 집에 왔을 때 엄마가 반겨주고 간식 챙겨주는 일을 하려고 엄마가 무엇을 버리고 무엇을 선택했는지 잘 몰라주는 것 같아서 서운하면서도 귀여운 발상에 남편과 함께 웃었던 기억이 난다.

아이들 보내고 나면 가장 먼저 하는 일이 '중3 딸' 방 정리다.

정리하는 습관을 지닐 수 있도록 지도를 하고 잔소리를 하지만 늦은 저녁까지 학원에, 학원 숙제하는 모습이 떠올라 늘 안쓰럽다. 나이에 맞게 해야 하는 것을 하는 것뿐인데도 엄마가 보기에는 늘 대견하고 안쓰럽고 그렇다.

양치를 하면서 아이들 방을 돌아다닌다. 책상 위에 있는 과자 봉지, 메모지 등 쓰레기를 주섬주섬 주워서 버린다.

매번 정리해 주는 건 아니라고 생각하면서도 5분이라도 더 잘 시간을 만들어 주고 싶은 마음에 출근 전 아무리 바빠도 딸 방은 확인하게 된다.

보고 배우는 게 무섭다고… 어느 때가 되면 보고 배운 대로 정리하게 되리라 생각하며 한 번 들여다보게 된다. 책상이 깨끗하면 바로 공부하고 싶어질 것 같은 엄마 마음도 살짝 담아 본다.

애들 등교하고 남편 출근시키고, 늦은 아침을 먹고, 설거지, 세탁기 돌리기, 집안 정리, 오후에 애들이 먹을 간식, 저녁 반찬 준비해 놓고 출근 준비를 한다. 어떤 날은 학교 출석부, 수업 지도계획안, 학생평가표 등 학교마다 제출해야 할 서류 작성하느라 급하지 않은 세탁, 집안 정리 등은 미뤄 두기도 한다.

전에 하던 학습지 교사, 팀장 일은 퇴근 시간이 늦었다. 성대결절로 목이 상하고 난 뒤 우리 아이들에게 동화책을 재미있게 읽어 줄 수 없을지도 모른다는 생각에 학습지 일을 그만 두었다. 오로지 아이들 중심으로 NIE, 가베 놀이, 한글 놀이를 하며 엄마표 선생님이 되어 7년을 놀아 주는 엄마로 지냈다.

둘째를 초등학교 입학시키고서 우리 아이들과 시간을 많이 보낼 수 있는 방과 후 강사 일을 선택했다.

출근 후에는 우리 아이들과 비슷한 학년의 아이들을 보면서 우리 아이들의 학교생활을 짐작해 보고 수강한 학생들과의 대화를 통해 우리 아이들의 속마음도 짐작해 본다.

수업 가는 학교마다 끝나는 시간이 다르다 보니 요일마다 퇴근 시간이 조금씩 다르다. 어떤 날에는 서둘러 교실 정리를 하고 바로 집으로 와야지만 간식이라도 하나 더 챙겨 먹여서 학원에 보낼 수 있고 어떤 요일은 퇴근하며 마트에 들러서 장을 봐서 와도 된다. 출근할 때 간식을 챙겨 놓고 메모를 해 놓고 나오지만 먹고 싶은 것만 먹고 나갈 아이에게 우유라도 한 잔 더 챙겨 먹여 보려고 서둘러 본다.

학원에서 늦게 오는 중학생 큰아이, 학원 갔다 와서 바로 저녁 먹을 둘째, 학원 갔다 와서 엄마 퇴근 시간까지 우리집에 와 있는 2학년 조카.

저녁 먹기 전에 케일, 사과, 당근을 넣어 녹즙을 준비한다. 남편도, 아이들도 녹즙을 좋아하지 않고, 나도 케일 씻고 당근, 사과 썰고 준비하는 게 너무 귀찮지만 건강을 위해 한 잔씩 반강제로 먹인다. 아침에 먹으면 더 좋은데 아침에는 바빠서 저녁 공복에라도 먹여보려고 준비한다.

가족들과 저녁 먹고 주방 정리하면 나의 일과가 끝난다. 씻고 나면 나의 늦은 꿈을 위한 보육교사 인터넷 강의를 듣고 다음날 수업 준비를 하고 나면 나의 하루가 끝난다.

잠자기 전 자리에 누울 때, 비로소 엄마인 나의 자유 시간이다.

엄마라는
이름으로

강현숙_김아영 엄마

남들보다 조금 이른 나이에 결혼을 하면서 1998년 크리스마스에 엄마라는 이름을 불러 줄 아기를 만나게 되었어. 지금도 생생한 그날의 일을 글로 적고자 하니 감회가 새로워지네. 하여튼 크리스마스에 병원 예약이 되어 있어서 늦은 점심을 먹고 병원에 갔더니 청천벽력 같은 소리를 듣게 되었지. 진통도 없는데 아기를 낳아야 한대. 물론 예정일이 일주일이나 지났지만 크리스마스에 갑자기 낳게 될 줄 몰랐어. 그 와중에 진통도 잘 못 느끼는 특이체질로 아기가 나오는 자궁 문이 열려 있어서 유도분만제를 넣고 진통이 오길 기다렸지.

근데 말이야, 진통이 남들은 하늘이 노랗게 변하던지 눈앞이 깜깜해져야 아기를 낳는다는데 소식이 없어서 외할머니께서 집에 갔다가 준비물 챙겨서 오신다고 하며 집에 가셨는데 지금 너희 언니 성격처럼 갑자기 진통이 시작하고 50분 만에 언니가 태어나면서 엄마로서의 첫 발걸음을 떼게 되었어.

몸조리는 시어머니의 도움을 받아 2주간 집에서 하게 되었는데 어쩜 이렇게 순한지. 초보 엄마의 마음을 아는지 우는 소리 없이 잠만 자는 귀여운 아기였어. 자고 먹고 자고 먹고 그렇게 백일을 보내는 동안 엄마는 힘든 일없이 편히 아기를 돌볼 수 있었는데 여기서 반전.

낯가림이 얼마나 심한지 낯선 사람 목소리만 들어도 울어 버리는 거야. 그것도 친할머니가 백일 떡을 해오셨는데 말 한마디마다 울어서 할머니가 20분도 못 계시고 집으로 가셨는데 외할아버지랑 외할머니 목소리는 또 괜찮은 거야. 낯설어서 울기만 하더니 외할아버지나 외할머니가 안아주면 방긋방긋 웃으니 완전 반전이 아닐 수 없었지. 그리고 그 이듬해에 둘째 오빠가 태어났는데 완전 울보도 그런 울보가 없을 정도로 안아 주어도, 기저귀를 갈아 주어도 먹고 난 뒤에도 얼마나 울어 대는지 지금 생각해도 아찔하네. 그래도 그땐 이렇게 남매만 키우겠거니 하고 생각했는데 둘째 낳고 6년 뒤 상상도 못 할 일이 벌어진 거야.

세상에 집안 내력에도 없는 쌍둥이 임신. 그때 당황한 걸 생각하면 얼마나 놀랐는지. 하나도 아닌 둘을 임신하고 믿기지 않아 오전에 병원 갔다가 오후에 아빠랑 또 갔을 정도니 상상이 가니?

그렇게 2006년 1월 2일 밤 9시에 원래는 3일에 수술하기로 한 너희가 그걸 못 기다려서 나오겠다는 신호에 응급으로 수술해서 태어나게 되었어. 2.8kg과 2.9kg의 작은 아기가 바로 너희들이었지. 금방 태어났을 때를 생각하면 아직도 웃음이 나와. 쪼글쪼글하고 빨갛고~

어쨌든 너희 쌍둥이가 태어나면서 엄마는 남들보다 조금 더 바쁜 엄마가 된 것 같아. 새벽에 수유를 하고 떠지지 않는 눈을 비비며 언니는 학교로 오빠는 어린이집으로 보내면 온전한 내 몫은 너희 돌보기였지. 한 아이가 수유

하면 또 다른 아이가 배고프다고 빽빽 울고 쌍둥이라서 그런지 꼭 같은 시간에 기저귀를 갈아야 하고 먹고 자더라.

그래도 언니, 오빠가 작은 손이라도 엄마를 돕겠다고 옆에서 기저귀도 갈고 안아 주고 놀아 주어서 조금 덜 힘들었던 것 같아. 쌍둥이 예방 접종을 하러 갈 때는 언니, 오빠가 너희 한 명씩 안고 엄마가 운전하는 차를 타고 가고 병원이 작아 유모차가 들어가지 못 하면 언니가 한 명 안고 엄마가 한 명 안고 가면 주변 사람들이 "아이고, 아이가 아이를 안고 오네." 하며 말하곤 했지.

그때는 언니, 오빠도 엄마 손이 많이 필요할 때인데도 엄마를 돕겠다고 우는 너희를 으르고 안아 주어서 그 덕분에 엄마는 남들은 '힘들겠네' 하여도 지금 생각해 보면 좀 더 수월했던 것 같아.

너희 나이 네 살이 되었을 때 처음으로 어린이집을 가고 엄마도 마냥 집에만 있을 수 없어서 맞벌이를 시작하였는데 어린이집 방학이 되면 언니, 오빠가 너희 아침과 점심을 책임지고 챙겨 주었는데 그때 나이 12세 10세인 언니, 오빠가 엄마가 챙겨둔 음식을 먹이고 너희를 돌본다고 많이 힘들었을 거야. 그 덕분에 엄마는 걱정을 덜하고 일을 할 수 있었던 것 같아.

그렇게 정말 다행스럽게 크게 아픈데 없이 모두 잘 자라 주어서 성인이 된 언니, 오빠 그리고 중학생이 된 너희를 보면 정말 감사하고 고마운 마음이 들어.

넉넉하지 못한 가정 형편에도 매일 투닥투닥 하면서도 엄마가 시키는 집 안일을 도와주어 엄마도 지금까지 걱정 없이 맞벌이를 할 수 있는 것 같아.

물론 너희 4남매를 키우는데 마냥 좋았던 것만은 아니였지. 힘들고 버겁고 앞이 깜깜한 터널 같은 상황도 있었는데 엄마의 삶 속에 너희가 있어 용

기 내어 앞으로 나아갈 수 있었겠지.

처음으로 엄마라는 이름을 만들어 주어 너희에 대한 책임을 가지고 오늘도 엄마는 엄마의 삶에 최선을 다하기 위해 새벽에 눈을 뜨고 일어나 밥을 하고 늦게 잠든 너희를 깨우는 것으로 하루하루를 살아간다.

엄마로서의 삶
나의 하루

정수진_권영서 엄마

    알람이 울린다. 어제도 너의 학원 과제 마무리를 기다리다 늦게 잠들었다. 그런데도 나는 어제 네가 언제 잠들었는지 모르겠다. 며칠 계속된 새벽취침에 너무 피곤했던 탓에 어제는 너보다 먼저 잠들어 버렸다. 맡은 바 주어진 일을 포기하는 것도, 미루는 것도, 마무리하지 못한 채 잠드는 것도 용납이 안 되는 네가 한껏 잠에 취해 있는데 보기가 너무 안쓰럽다. 나는 너의 나이 때 너만큼 책임감 있고 성실하게 맡은 바 최선을 다하는 아이가 아니었는데, 내 딸이지만 너무 대견하다. 몇 분이라도 더 재우려고 등교 준비에 필요한 최소한의 시간만 남을 때까지 기다렸다가, 자가 진단을 위해 너의 손에 핸드폰을 쥐어 주는 것으로 하루를 시작한다.

    너의 가방에서 어젯밤 내어놓지 않은 물병과 수저통을 찾다가 체육복을 발견하고는 언제 필요하다고 할지 몰라 세탁기를 먼저 돌린다. 물병과 수저를 씻은 후, 얼음물을 준비하고 수저를 수저통에 넣어 영양제와 간단한 아침

을 식탁 위에 준비해 둔다. 여느 중학생과 다름없이 너의 아침은 매우 분주하다.

등굣길을 차로 가는 중, 지하 주차장에서 네가 속이 울렁거리고 배가 아프다고 한다. 요 며칠 힘들긴 힘들었나 보네. 이럴 때 참 난감하다. '학교는 갈 수 있겠니? 쉴까?' 하고 물어보니 너는 일단 학교는 가겠다고 한다. 여느 때와 달리 너무 좋은 도로 사정에 학교에 일찍 도착했다. 완전 곯아떨어진 너의 몇 분의 수면을 위해 학교 앞 골목 어귀에 주차를 하고, 조용히 기다린다. 등교 시간 10분 전이다. 잠에 취한 너를 미안함 가득한 목소리로 조심스럽게 흔들어 깨운다. 잠에서 억지스럽게 뜬 너의 눈은 충혈되어 있다. 어떡하니 안쓰러워서. 내가 우겨서라도 숙제가 적은 학원으로 옮겨야 하나 고민이 그득한 무거운 마음으로 집으로 돌아온다.

다 돌아간 세탁기에서 너의 체육복을 꺼내 널고, 오늘 엄마, 아빠 퇴근 전 학원에 가야 하는 너를 위해 간단히 챙겨 먹을 수 있는 볶음밥을 해야겠다. 냉동실에 네가 좋아하는 새우가 있구나, 딱 2인분에 너의 새우 지분은 아빠의 두 배, 맛나게 먹었으면 좋겠다. 이쁜 그릇에 담아 사진을 찍어 저녁 메뉴를 톡으로 알린다. 설거지를 끝내니 벌써 11시가 넘었다. 오늘은 다른 날과 달리 회의가 있어 일찍 가야 하는데 마음이 급하다.

아직 연락이 없는 걸 보니 아프다고 했던 건 괜찮은가 보다. 분리수거 박스를 들고, 오늘따라 하나가 늘어난 −심리 검사가 있는 날이라 들고 가야하는 검사 도구가 무지 무겁다− 짐 탓에 낑낑거리며 엘리베이터를 기다리는데 핸드폰이 울린다. 힘겹게 가방에서 꺼내 보니 모르는 번호라 무시하기도 한다. 받을 손도 없다. 고속도로로 차를 올리자마자 핸드폰이 또 울린다. 찜찜한 마음에 전화를 받으니 헉, 너다! 아프다고 조퇴를 한다고 한다. 받지 않

았던 전화가 학교 번호였나 보다. 지금 데리러 갈 수 없는 내가, 이 상황이 너무 싫고 힘겹다. 버스 타고 가도 된단다. 아픈데 집에 와서 혼자 있어야 하는 네가 너무 걱정스럽고, 안쓰럽고, 달려갈 수 없는 상황이 너무 미안하다. 나의 남편, 너의 아빠에게 전화를 한다. 잠시 들여다볼 수 있는 여건이 되는지 물어보지만, 안 될 줄은 진즉 알고 있었다. 아! 오늘 오후 출근인 너의 이모, 그러니까 나의 언니가 있었지. 전화를 해서 죽을 부탁하며 출근 전 들여다 봐 주길 부탁했다. 버스가 한참 만에 왔구나. 엄마가 데리러 갔으면 좋았을걸. 아픈 몸을 이끌고 간 병원은 코로나 때문에 오후 진료만 한단다. 엉엉, 너무 미안하다. 너에게서 전화가 없다. 중간 짬이 나서 전화하니 잠시 졸았다고 배가 고파 죽을 먹어야겠단다. 오후에 병원에 다시 가 본다고.

남편에게서 톡이 온다. 확인하기 힘들다. 오늘따라 아동 어머님의 우울감과 심해진 공황장애 때문에 상담이 길어진다. 여차저차 상담을 끝내고 다른 아동을 맞으러 나가니 어머님이 아동 상담 전 면담을 원하신다. 아, 뭔가 또 힘듦이 있으셨구나. 오늘따라 상담 스토리가 무겁고 힘들다. 나의 공감이, 조언이 부담되지 않고, 힘드시지 않게끔 조심하느라 머리를 몇 배나 더 굴리고, 조심한다. 이어지는 시간. 분리불안이 있었던 녀석, 지난 회기까지 입실을 잘 했었는데, 밖에서 기다리는 친구들 때문인지 나를 피한다. 안 들어오겠다며 고집을 피운다. 우여곡절 끝에 입실 성공. 이 녀석 보게. 언제 그랬나는 듯 환하게 웃으며 놀이에 열중하며 질 좋은 상호작용도 보여준다. 그래, 요 정도에서 고집을 끝내준 게 어디야 하며, 긴장했던 마음이 녹는데, 요 녀석 웃는 얼굴이 하도 예뻐서 나도 모르게 함께 웃고 있다.

남편도 걱정이 된 듯 좀 일찍 퇴근한다는 톡이었다. 같이 병원도 다녀왔단다. 먼저 간 병원이 문이 닫혀 있어 두 군데를 다녀왔다는 말과 함께. 장염

이라고 한다. 네가 자고 있으니 경과를 봐서 학원 스케줄을 조정해보겠다고 한다. 고맙고, 다행이다.

네가 일어나지 않는다고 더 재우자는 쪽으로 남편과 합의를 봤다. 이제 학원에 연락을 해야 한다. 어제도 다른 학원 스케줄과 겹쳐 가지 못한 탓에 진도와 과제가 밀렸다. 어떡하지? 문자를 넣은 지 한참 만에 답장이 왔다. 과제와 진도 교재를 퇴근길에 받으러 가기로 한다. 10시쯤 갈 수 있는데, 9시 50분 퇴근이라고 우편함에 넣어 주신단다. 매번 느끼지만 원장님 말투가 너무 딱딱하다. 감사하다는 인사와 함께 원장님과의 문자를 마무리한다. 아! 내일 먹을 죽이 모자라겠구나. 집에 들어가면 죽집이 문을 닫겠네. 남편에게 전화해서 죽을 부탁한다. 너는 소고기버섯죽과 게살죽을 좋아한다.

일이 아직 남았다. 너는 지금 어떨까? 한숨 자서 좀 나은가? 끝나고 학원 가는 길에 너에게 전화부터 해 봐야겠다.

아직도 오늘이라는 하루다.

오늘 하루가 참 길다.

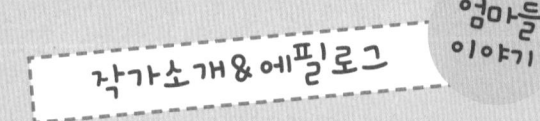

강현숙 | 김아영 엄마

바쁜 일상 속에서 하루하루를 지내다 어느날 문득이란 표현
이 생각나게 하는 시간이 되었습니다.
일상의 소소한 즐거움조차 잊어가는 나날 속에서 '아~그랬
구나' 하며 눈시울도 붉히거나 혼자서 피식~ 웃음짓게 하는
휴식같은 시간을 가지게 되었습니다.
언젠가 오늘의 이야기를 회자하는 다음날을 기다리며 또 하
나의 추억을 가슴에 새겨봅니다.

김옥순 | 김희윤 엄마

반복적으로 살아가는 일상 속에서 아주 가끔 떠오르는 내 감
정이 소중해 질 때가 있다. 그럴 때면 잊어버리기 전에 열심
히 적어 본다. 거창한 작가가 아니더라도 나의 소중한 감성
과 일상을 공책에 또박또박 적어 본다.
나의 모습이 한편의 글로 완성되어지는 순간이다. 다시 읽어
보면 부족해 보이고 살짝 부끄럽기도 하지만 뿌듯하기도 하
다. 나의 부족한 글에 누군가는 공감할 수 도 있고 누군가에
게는 우연히 스쳐지나가는 문자일 수도 있지만 그 중 몇 명
이라도 공감해 준다면 더할 나위 없이 기쁠 것 같다.

김현민 | 최서연 엄마
대학생 아들, 중학생 딸을 둔 워킹맘이다. 바쁜 일상 속에서 사색에 잠기는 시간이 없었는데 이번을 계기로 여러 가지 생각을 하게 되었다. 학창 시절 외에 이렇게 글을 써 보는 일이 없었는데 다소 부끄럽지만 자랑스럽다.

박원주 | 전수빈 엄마
글을 쓰게 되면서 마흔다섯~
나의 삶을 다시 되돌아보는 시간을 가져 볼 수 있었다. 많이 부족하지만 나름 순간순간 열심히 살았던 어린 나를 칭찬하고 싶다. 어린 나, 젊은 나의 모습들, 후회하고 그리운 날들, 추억하고 싶은 일들, 사랑하는 사람들을 떠올릴 수 있는 소중한 시간이었다. 이 책과 함께 나의 미래의 삶이 더 소중하고 귀해지게 될 것 같다. 다음 책을 위해 더 열심히 즐기고 살아야겠다.

유채윤 | 이나은 엄마
유채윤 셋 쪼르미들 둔 엄마입니다!
처음 글쓰기를 할 때는 뭐를 먼저 해야 될지 몰라 고민이 많았습니다. 막상 생각나는대로 적어보자 생각을 하면서 주저리주저리 써 나가게 되었습니다. 글을 쓰면서 라떼는 이랬는데 하면서 코웃음도 나오고 했네요. 마지막 글을 쓸 때는 '아! 드디어 끝이구나!' 하고 해방된 느낌이랄까? 좋았습니다 최선을 다해 열심히 작성을 했습니다.

정세진 | 손혜윤 엄마

모든 일의 처음은 언제나 설렌다. 그러나 시간이 지날수록 그 설렘은 빛이 바래고 의미가 퇴색되기도 하며 목적을 상실하기도 한다. 좋은 엄마, 자랑스러운 엄마, 친구 같은 엄마 등등. 수많은 각오와 함께 의기양양하게 시작한 '엄마'라는 이름은 13년이라는 세월이 지나면서 익숙해지고 무뎌지고 본연의 역할이 희미해졌는지도 모르겠다. 이 책을 쓰면서 내가 처음 경험했던 엄마로서의 설렘과 각오, 역할에 대해 다시 한번 되새겨보는 계기가 되었다.

그저 그런 이야기가 한 권의 책이 될 수 있도록 책쓰기 동아리를 만들고 진행하고 한사람, 한사람 배려해 주신 성화중학교 국어교사 김일식 선생님께 진심으로 감사드린다.

정수진 | 권영서 엄마

정신없는 딸 뒷바라지하랴, 집안일하랴, 돈 벌어오랴 바쁜 슈퍼워킹맘. 글 한두 가지 쓰면 되는 줄 알고 참가했는데 어쩌다 이렇게 장대한 여정이 되어버린 건지 알 길이 없다. 글을 쓰면서 꽤 애를 먹었다. 생각나지도 않는 소재를 저 머릿속 어딘가에서부터 끌어오느라 대학원 논문 이후 처음으로 머리를 꽁꽁 싸맸다. 그래도 꽤 나쁘지 않은 글이 나온 것 같아 뿌듯하다. 자기 우월주의에 휩싸인 우리 딸은 절대 인정해 주지 않았지만…….

'성화맥북(MAKE BOOK)'은 2020년에 결성된 '성화중학교 학생-학부모 책쓰기 동아리'이다. 책쓰기에 대한 저마다의 열정을 가지고 참여한 학생 10명, 학부모 7명 그리고 30대의 국어과 지도교사로 구성되어 있다. 잘 쓰지는 못해도 나의 이야기를, 내 가족의 이야기를 기꺼이 쏟아내고 나를 돌아보는 책쓰기에 다들 행복감을 느낀다. 학부모님들 중에는 일 때문에 학교에 직접 나오시지는 못하지만 멀리서나마 자신의 글로 인사를 드리는 분들도 계신다.

2021년 『엄나들이』라는 책을 출간했고, 앞으로 사춘기 중학생 자녀와 학부모들의 다양한 이야기를 담아보려고 한다.